本书由人文在线出版基金资助出版

苏 扬 著

中国致公出版社
China Zhigong Press

图书在版编目（CIP）数据

括苍血泪 / 苏扬著 . -- 北京：中国致公出版社，
2019
ISBN 978-7-5145-1079-9

Ⅰ . ①括… Ⅱ . ①苏… Ⅲ . ①长篇历史小说 – 中国 –
当代 Ⅳ . ① I247.5

中国版本图书馆 CIP 数据核字（2018）第 155470 号

括苍血泪

苏 扬 著

责任编辑：尤 敏 梁玉刚
责任印制：岳 珍

出版发行： 中国致公出版社
China Zhigong Press

地　　址：北京市海淀区翠微路 2 号院科贸楼
邮　　编：100036
电　　话：010-85869872（发行部）
经　　销：全国新华书店
印　　刷：北京市金星印务有限公司
开　　本：710 毫米 ×1000 毫米　　　　1/16
印　　张：12.25
字　　数：165 千字
版　　次：2019 年 1 月第 1 版　　　2019 年 1 月第 1 次印刷

定　　价：38.00 元

目录
CONTENTS

第一章　县城乞丐

在浙江东南沿海，从大雷、赤峰、羊岩诸山往东，有一处所在，三国吴大帝时，以临海山得名，就叫作临海县，自唐以来，历来为台州路、台州府治所。每日清晨起，县中心紫阳大街，从大街及诸坊巷，大小铺席，诸如茶坊、酒肆、饭馆、客栈，及丝锦彩帛、绒线绣品、海鲜干货、果子坊、铁匠铺等，应有尽有，各种买卖昼夜不绝，要热闹至饭前，才见市罢。

此时正是日中，紫阳大街东首有一棵香樟树，夭矫高挺、氤氲成雾，葱郁垂阴，树下的空地上，正围着几十个人，个个伸长脖颈望向场地中央。

圈子的中间，一只骨瘦如柴的小猴儿，脖子上系着套绳，翻筋斗、敬礼、抓杆、担水，它每做一个动作，人群就喝彩一声。每当这个时候，就有一个三十多岁的中年汉子，生得头小额尖，唇上两撇髭须，倒端着锣，将两片梨花木板啪啪啪地乱敲一阵，说上一段戏词，向众人索要赏钱。走了一圈，锣里也没有几个铜钱，耍猴人面色铁青，不住口地吆喝着猴儿表演。谁知那猴儿忽然不听他的使唤，径直走向看客，向一个小女孩索要吃食。

那小女孩身穿一件翠蓝花袄，生得甜美文秀，正在津津有味地吃一块白糍糕，她见那猴儿生得可爱，掰了一块递给它。那猴儿看来饿得狠了，把糕一下塞进嘴里，伸手又要。小女孩索性蹲下来，将白糍糕掰成一小块一小块地喂给它吃。

耍猴人扯着嗓子呵斥了几声，不见那猴儿回来，人群中已有人哄笑起来，笑声越来越响。耍猴人又羞又气，一把抓住猴儿脖子上的套绳，将那梨花木板，往猴儿身上打去。那猴儿上蹿下跳、吱吱乱叫，可身上还是着实挨了几下，呼呼作响。

围观的一干人等暗自摇了摇头，这时，从人群中钻出一个八九岁的小孩，头发乱蓬蓬的犹如一撮杂草，身上鹑衣百结，腰间系一根草带，脸上满是污泥和灰尘，二目极灵，耿耿作光，甚是灵动。他来到那耍猴人身前，叉着腰，对着那汉子大声说道："放开它，它快要死了！"

汉子冷笑道："这畜生是我养的，就是打死了也是该当的！要你这小乞丐来瞎起忙头！"那猴子叫声愈加凄婉哀绝，大眼睛直勾勾地盯着小乞丐，似有哀恳乞怜之意。

小乞丐心中不忍，一个箭步冲上前去，张口往那汉子手腕上狠狠咬落。耍猴人惨叫一声，放开了猴儿，一把将小乞丐推倒在地。那猴儿得脱羁绳，一下子蹿上旁边那棵香樟树，藏在草木阴浓处，向下张望。

汉子低头见手腕处两排新鲜的牙印，又走脱了吃饭的营生，气急败坏，上前一把揪起小乞丐，左右开弓，一连给了他十几记耳光，小乞丐的两颊立时肿起，又黑又红，几乎就要晕死过去。

周遭众人看不下去，纷纷指责汉子出手狠辣，那个穿蓝衣的小女孩更是失声痛哭起来，边哭边哀求她身边的中年美妇："妈妈，你快救他呀！"那妇人穿着一件两浙路保庆号的云花缎，窈窕娉婷、气度高华，还未开口，从她身后闪出一个十四五岁的少年，上前架住耍猴人的右手，说道："快住手！"

那汉子打得兴起，吼道："管闲事的人还真是多啊！"放脱了小乞丐，推了那少年一把，那少年右肘下压，将身一闪，甚是矫捷，看来竟似是练过几天功夫的样子。

耍猴人咦了一声，左手呼地一拳向他面目击去，那少年沉肩滑步躲开这一招，右手钩拿拍打，去拿那汉子的左手手腕，左手成锤，戳向对手肋部。那汉子双手向外一分，又是一拳，直击少年胸口……霎时之间，二人各展拳法，已拆了数招。周围的人原已渐渐散去，见有好戏看，又都渐渐聚拢成一个圈。那少年双拳灵动翻飞，绝技争出，大家看得高兴，不时叫好。小女孩趁机将小乞丐拉到母亲身边，只见他面部高高肿起，眼睛被挤得只剩下一条细缝，强忍住才没有痛哭出声。

耍猴人和少年又拆了几招，不分胜负。那大汉有些着急，低吼一声，"呼呼"两拳，一拳击向少年左肩，一拳向他胸口拍去。少年脚步错动，身形闪处，斜回而前，伸指戳向他背心。耍猴人似乎早已料到对方会出这一招，并不转身，右臂猛地后挥。那少年没料到来得这样快，手指伸出一半不及变招，匆忙之间将头一低，躲开了这刚猛迅捷的一挥，但脚下一个趔趄，险些摔倒，无奈之中只好向旁边着地滚开，虽然没有受伤，但闪避之状，颇为狼狈。

耍猴人得意洋洋，叫那少年起身再斗，少年哼了一声，正待上前，就听那中年美妇招呼他道："秦中，你过来。"

少年面有愧色，低头来到少妇面前，听她轻声说道："本派武功虽以'精微奥妙、变化多端'这八个字见长，但你也不可过度拘于形式。比方刚才那一招，他直击中宫，你本可拗手下压，为何忽然变成斜身侧闪？须知拳者，权也，其中之理千变万化，层出不穷，当用绵劲时用绵劲，当用硬劲时用硬劲，演拳之法，以心灵为上。盖心灵则手敏。心灵手敏，妙如转环，逗引埋伏，出没无端，果能如此，方不至于为死手所拘……"那少年凝神静听，眉头却是越蹙越紧。

少妇察言观色，知他一时难以领会，想了一想，说道："这样吧，你再与他斗过。先用一招'恶虎翻身'，再用一招'肘底看锤'，我看他下盘虚浮，还不懂得如何进退趋避，定然还会双拳齐出。那时你看准双拳中的空隙，从中间迎上去，就用'叶底藏花'的前半招，左右手分别用崩、冲两种劲，嗯，这样应该就可以了。"

那少年抬起头来，茫然道："半招？"少妇微笑着点了点头。少年还是有些将信将疑，刚来到场子中央，耍猴人就跳了上来，一出手就是双拳齐出，一拳击向左肩，一拳拍向胸口。

少年没料到他刚一出手就用这招，顿时有些手忙脚乱，百忙之中仍是还了一招"恶虎翻身"，接着是一招"肘底看锤"。耍猴人斜身一闪，果然又是双拳齐出，但今番不同往日，却是一拳右肋、一拳左胸。

那少年正要使出"叶底藏花"，耍猴人的左拳已抵住自己左肋，少年倒吸了一口凉气，忍着肋下疼痛，直腰收腹，左手如剪，叉压在耍猴人右手弯处，用上"崩"字诀，托开对方的手臂，右手乘机拊其胸，用虚灵顶劲，将力气用在他相反的方向，用力向后扳倒。

耍猴人脚下一虚，心知不妙，但知道归知道，身子还是不由自主地向后倒去，大骂声中，扑通一声坐倒在地。旁观的人顿时哄笑起来，笑声中，汉子一骨碌爬起身来，面红耳赤地争辩道："我一个，自然打不过他们三个，你们这些人凭什么笑我？"

人群中一个老者捋须笑道："既来到临海，居然还不识得大名鼎鼎的括苍派掌门夫人，嘿嘿，可笑，实在可笑！"耍猴人听说眼前这个妇人便是括苍派的陆夫人，心下有些慌张，但口中兀自喃喃道："什么掌门掌窗，弄丢了我的猴儿，就可以不赔的么？"

陆夫人水清秀眉微蹙，问道："你那猴儿值多少钱？"

耍猴人说道："这猴儿是我在武夷山抓来，算上这几个月的吃喝，少说也得……"他伸出五根手指，犹豫道："五……五两银子？"

语音刚落，围观的人哄的一声喧哗起来，水清实不欲与他多言，从荷包里摸出一小锭银子，约莫有五六两的样子，抛了过去。耍猴人接住银子，欢天喜地地谢了又谢，担起担子，飞也似的跑了。

众人见再无热闹可看，也就渐次散了。忽然一个小小的黑影从香樟树上一跃而下，直扑入小乞丐的怀里，原来就是那只猴儿，脖子上还系着套绳。小乞丐一把扯去套绳，一人一猴，皆是伶仃无依，此时就像是劫后余生，彼此之间嬉戏得倒也畅快。

水清拉了女儿的手正要离开，那小女孩忽然说道："妈妈，我也要和小猴儿一起玩儿！"水清苦笑着摇了摇头，似乎也拿这个女儿没有办法。和她们一起的那个少年肋下肿起一块，忍痛走到小丐身前说道："这位小哥，我师妹也喜欢这只小猴儿，你能把它让给我们吗？"

小乞丐看看小女孩，又看了看水清，脸上流露出不忍之色，说道："你们家在哪里？等我挣了钱，再还给你们，可以吗？"少年笑着摇头道："你挣不够的。"小乞丐低头不语，用手抚摸猴儿的脑袋，眼中似乎有些泪光盈然。

水清放脱了小女孩的手，上前说道："你家在哪里？你的爸爸妈妈呢？"小乞丐的眼泪终于流了下来，在黝黑的脸上冲出两道亮晶晶的水沟，哽咽道："我家在陆家庄，村子里发了病，好多人都死了，我爸爸妈妈也没了……呜呜呜，我一路上要饭，呜呜呜……"

水清叹了口气，用手指向西南方一座云雾缭绕的高山说道："我家就在那边山上，你跟我回家吧，我可以教你习武识字。"小乞丐抬起头来，脸上满是惊喜的神情，问道："真的吗？我可以练得和他一样吗？"他用手指了指站在旁边的少年，水清微笑着点了点头，小乞丐大喜，立即跪倒在尘埃中，恭恭敬敬地磕了八个头。水清笑着受了他的八个响头，见他甚是机灵，心中更加欢喜。

那个小女孩藏在母亲身后，露出半张秀美的小脸，问那小乞丐道："我能和你的小猴儿一起玩吗？"小乞丐使劲地点了点头，问道："你叫什么名字？"旁边那少年抢先答道："我叫时秦中，她是我师妹陆青锋，你呢？你叫什么名字？"小女孩笑道："你要不说，我们就叫你小乞丐。"

小乞丐仰起头，大声说道："我不叫小乞丐，我叫叶枫！"

第二章　门派惊变

两浙路台州临海县西南部，有一带山水，南呼雁荡，北应天台，西邻仙都，东瞰大海，山势雄拔陡绝、峰峦叠翠，因其"登之见沧海，以其色苍苍然接海"，故名括苍。

括苍山风景绝佳之处，尽在主峰米筛浪。这日清晨，在通向峰顶的山道上，一骑纵辔跃出，疾驰而上。马上一个劲装结束的青年，二十岁上下年纪，身姿挺劲，眉宇开展，双目犹似一泓清水，身穿一件粗布青灰衣裳，黑色风帽，满襟风尘，看来已在路上奔波了不少时日。

自上山以来，一路上古松夹道，白云绕山，看不尽的美景，那青年竟无暇多看一眼，只顾催马赶路。胯下青骢马拼命奔跑，浑身上下汗出如浆，已在挣命。那青年心疼牲口，虽然此时忧心如焚，也只得放缓了缰绳，任由马儿慢慢行去，以节省脚力。

如此走走停停，直行了半日，转过两个山头，就看见前方树荫浓翳中，微露着一片白墙青瓦，原来是一簇人家，大大小小几十间屋子，屋宇错落有致，鳞次栉比，俱是歇山式屋顶，依山而建，十分幽雅。

青年翻身下马，牵着牲口来到近前，只见一派石库门墙，青石踏阶，大门两边各有一棵参天大树拔地而起，亭亭如盖，修篁森森，绿荫遍地，气势恢宏。大门顶上高悬着匾额，上书"天心仁爱"四个大字，匾额两侧挂着白底蓝字的灯笼，门上钉了麻布，十分醒目。

虽然山下的弟子早已告知他派中的变故，但当看到眼前的情形，青年心中还是不禁"咯噔"了一下，快步来到门前，大声叫门。不多时，从里面传来把闩开门声，大门打开后，那青年一步跨入门内，和看门人略略说上几句话，就把马缰绳交在他手里，径直来到正厅。

刚到门口，就听见从里面传来一阵铙鼓声喧之声，厅内桌上供着一块长生牌位，上面写着"先贤夫陆公改樵之灵位"，那青年双膝一软，跪倒在地，不由得泪落如雨。

其时正是北宋徽宗年间，朝廷内忧外患，四方扰攘，外有大辽、西夏虎视眈眈，内里各地盗贼蜂起，联群结党，对抗朝廷。这个在灵堂失声痛哭的青年，就是浙东第一大派括苍派新故掌门陆改樵的第五弟子、十二年前临海县上的那个小乞丐叶枫。

一个多月前，叶枫被陆掌门派往江南东路信州五龙帮送一通要紧的书信，在信州住了几天，收到回信后匆匆赶回。岂料刚到山下，就听说师父修炼"玄修功"不成走火入魔、溘然离世的消息。当时心中已然是惊惋之极，待来到山上，泠然的钟磬木鱼声中，旧事如潮，腾上心坎，忍不住便潸然泪下。

过了许久，叶枫悲伤稍抑，刚站起身来，就听身后有人在叫他的名字，叶枫擦了擦眼泪，转身看见厅门口站着一人，形象俊雅，眸子中英华内蕴，正是括苍派第二弟子时秦中。掌门陆改樵亲传的五大弟子中，叶枫与时秦中交情最厚，两人月余未见，此番重逢，自是十分欢喜。

时秦中给师父上过香后，就与叶枫互道别来情由。叶枫这才知道自他下山后不久，二师兄时秦中、三师兄诸英豪、四师兄徐仰从也被师父分别派往福建路泉州东禅少林寺、两浙路明州梅花拳、江南东路歙州双绝门等各大门派下书。

时秦中到了泉州少林禅院，拜见了方丈天生禅师，呈上师父的亲笔信札。天生禅师看完书信，捋须微笑道："陆掌门雅量高致，博大能容，好生令人钦仰敬佩，只是老衲才德庸驽，又忝代掌寺，不敢擅离，就请天朔师弟代我前往与贵掌门一叙。世兄远道而来，就请在前后山随意游玩，寺中粗茶淡饭，世兄休嫌简慢。"

天生、天朔都是当今武林中的北斗之望，时秦中虽然不知道信中都写了什么，但能邀得一人，已经深感荣宠无量，遂放宽了心在清源山四处游赏。两日之后，索了回信，回到括苍山，原本想将好消息告知师父，上山后才发现师父已在数日前突然去世，丧事皆已发了。

不久之后，泉州少林禅院、明州梅花拳、歙州双绝门陆续应邀来到括苍山，听说掌门陆改樵突然离世，俱惋惜不已，说了好些望重武林、实堪浩叹之类的话。天朔禅师去灵前念了一回《往生咒》，叹道："唉，离此尘世，一了百了。"说罢便飘然下山，自回泉州去了。明州梅花拳大当家上官鹏、歙州双绝门掌门师兄花赛李，却都留在了山上，盘桓至今已有数日，现在正在厅堂上坐地，信州五龙帮帮主马青龙至今仍未到来。

时秦中与叶枫两人说起往事，相对唏嘘不已，忽地从后面传来一阵争执之声，两人对望一眼，急忙来到前堂。

前堂位于陆宅正中，宽大轩豁，堂中修整无尘，太师壁的正上方高悬着"沐泽承霖"的匾额，中间摆放着十数张交椅、茶几等，椅几之上皆放着红缎子的椅披、几袱，椅子上安置着绣花锦垫，四周一带粉墙，放置着些名书古画、周鼎商彝等。

厅上坐着数人，东首正中坐着一人，一双环眼，紫巍巍一副面庞，风貌凛凛可畏，神情倨傲，正是括苍派大弟子唐铁泉。其他人如三弟子诸英豪、四弟子徐仰从和一些年纪较轻的再传弟子齐刷刷地站在他身后。西首坐着明州梅花拳大当家上官鹏、歙州双绝门掌门师兄花赛李和一个年青的相公，甚是眼生。各人身前的几上俱放着御制诗盖碗儿，冲泡着刚采摘下来的雨前春茶，另有玫瑰松子糕、翡翠甜饼等江南细点，齐齐整整地盛在羊脂玉的盘子里。

时秦中和叶枫刚进入前堂，就听见三弟子诸英豪气呼呼地说道："上官掌门和花师兄方才口口声声说是我师父请你们上山，共同参详玄修功。可现在我师父业已亡故，死无对证，怎么能仅凭你们一句话，就把玄修功的武功秘谱献给你们观看？天底下哪有这个道理？两位这样说，也太凶强霸道了吧！"

第三章　绿衣女子

时秦中闻言吃了一惊，急忙来到唐铁泉身后，低声向师弟们询问刚才的情形。叶枫与几位客人都是初见，只好上前见礼，互相说了一些久仰的话。

梅花拳掌门上官鹏生得躯高身雄，浓髯满颊，仪表十分伟岸。歙州双绝门掌门师兄花赛李却是脸如冠玉，一双细目飘飞，气度娴雅。双绝门花老当家近年来衰迈昏庸，门中事务多半都交付给了这个儿子，没想到却是一副公子哥儿的模样。

待来到第三桌前，叶枫不知这个面生的相公该当如何称呼，一时语塞。只见那青年相公身形瘦小，身穿一件葱绿织锦轻衫，腰间一条四指宽的金色带子，镶着数十颗南珠，衣饰艳丽，金绯照眼，一只手随意地搭在桌上，露出一段雪藕似的白臂，与旁边的白瓷杯几无差别。他身后站着两人，站在左边那个身着青绸长袍，右边那个穿着灰色云纹锦袍，身材均不甚高。

只听那穿青袍的拱手道："这位世兄有僭了，我家小姐姓卫，闺名不便告知，尚请原宥。我叫端木砚，那边是我大哥端木笔，原是主人家煮饭烹茶、抹桌扫地的家人。我们主子与贵掌门无亲无故，此番前来，是来打抽丰吃白食的，幸勿见却。"

叶枫颇喜他说话爽直，说道："好说好说，请三位宽坐。"

端木兄弟各自还了一揖，那个姓卫的女子也微笑着点头致意，笑靥甫展，犹如晓露芙蓉，娇艳之色，难描难画，虽是着男装，分明是个绝丽的女子。叶枫瞥见她朝向自己的那片粉颊隐隐地透出些红晕，一时心摇神驰，不敢多看，匆匆向三人一拱手，回到己方一边。

叶枫和师兄弟们站在一起，伸长了头颈，四处张望。身后一名姓童的年轻弟子伸过头来打趣道："五师哥，我们都在这里啊，你在找谁？要不要我去跟陆师姐说一声，要她帮忙找找？"

叶枫神态忸怩，急忙分辩道："没有没有，哪有这回事！"那个姓童的小师弟伸了伸舌头，同几个年轻的男女弟子压低了声音吃吃嬉笑。

这时只听唐铁泉说道："这两封书信确实是师父亲手所写，这个原是不错。按理说师父在信中已经答应你们上山后就把玄修功功谱拿出来，大家一起参详研究，我们做徒弟的就不应该阻止……"

上官鹏与花赛李听到这里，甚感惊愕，互相对望了一眼，满脸都是喜出望外的神情。

唐铁泉续道："只是现在有一桩极大的难处……"

上官鹏等得不耐烦，说道："老弟有甚难处，就请明白言讲，大家都是武林一脉，尽可一同商量对策。"

唐铁泉这才说道："是。家师一死，我括苍派就少了个领头的人物，就算我有心要按师父说的办，只怕武林各派人士和众师弟们多有不服。"

上官鹏哈哈一笑，说道："老夫痴长几岁，与陆掌门又是多年的交情，颇知他的心意。唐师兄入门最早，又是这般的通情达理，呃……如能继任掌门一职，定能将括苍派发扬光大，陆掌门在天之灵，也必定是极为欣慰的了。"

花赛李接口道："不错，唐师兄乃是聪明之人，日后定能青出于蓝而胜于蓝，成为一代高手，侠名播于江湖。我与上官兄都是陆掌门多年的好友，代友传功，乃是我们份所当为。倘若有半点私心杂念，于友道有亏，就叫我们天诛地灭，死于刀剑之下！"上官鹏点头称是，唐铁泉抱拳称谢，神色之间甚是志得意满。

那姓童的年轻弟子这时却又忍不住低声道："明明是二师兄入门最早，还说什么多年老友……"

话声虽低，唐铁泉还是回过头来，双眉一轩，狠狠地瞪了他一眼。在大师兄的积威之下，那姓童的弟子吐了吐舌头，躲进人群中，不敢再言语。

花赛李耳目特灵，也听到了这番言语，顿时神态忸怩，甚是尴尬。偏偏那姓卫的绿衣女子扑哧一声，笑出声来，将口中含的一口茶水喷了出来。

花赛李更加气恼，重重地哼了一声，冷冷说道："这位姑娘好闲适啊，请再饮一杯吧！"

说罢，左手袍袖一挥，桌上那杯碧绿的春茶飞快地向着那女子飘去。快则快矣，可杯中满满的茶水一滴也没有倾泻出来，站在他身后的双绝门弟子轰然叫好。

眼看茶水就要泼洒在绿衣女子身上，站在她身后的灰袍人端木笔伸出一只手掌，虚托住茶碗，那茶碗便立时在空中端凝不动，碗上裹挟的内力与端木笔掌中极强的吸力相互激荡，滴溜溜地飞速旋转，发出嗞嗞声响。此时绿衣女子正用左手轻托着自己的茶碗，右手捻着碗盖，娴雅舒徐，用嘴轻轻吹去浮在水面上的茶末，对身周发生的一切宛若不闻不问。

过不多时，茶碗越转越慢，终于静止不动，端木笔双手捧住，将它安放在桌上，碗里的茶水仍是涓滴不漏。双绝门弟子发现情形不对，早已噤口不言，花赛李更是羞愤难当，涨得脸都红了。

那绿衣女子慢慢地啜了一口茶，转头问端木砚道："为什么我们面前都有香茶，只有花大掌门没的茶喝？他是偷了主人家的东西吗？"

端木砚忍笑道："回小姐，现下还不曾偷，不过我看很快就要下手了。"

绿衣女子说道："既然还不曾偷，你就把这杯茶给他喝吧！你看他脸泛红潮，定是口渴得很了。"

端木砚含笑应了一声，端起端木笔截下的茶碗来到花赛李面前，说道："花师兄，请喝茶。"

花赛李见其势不能不接，只好屏息凝气，将内力都运到双掌之上，稳稳地将茶碗接了过去，谁知全都一无异状。

端木砚说道："花师兄多心了，我等虽是乡鄙之人，但这等落井下石的事，也是不做的。"说罢转身走开。花赛李忌惮他们武功了得，假装听不出他话中有话，颓然坐倒在椅子上，望着手中碧茶，不知是应该上前索战还是就此偃旗息鼓。

叶枫虽然不知道那姓卫女子的来历，但他们是本派的帮手决无可疑，他看到花赛李惶惑失措的神情，心中感到一阵痛快，若有意若无意的嘿嘿嘿低笑出声。花赛李、上官鹏和双绝门弟子数道目光立时逼视了过来。叶枫被他们盯得心中发毛，但仍是强自镇定，奋力冷笑。

就在此时，陆府一个家丁走了进来，径直走到唐铁泉身边，俯身在他耳边说了几句话。唐铁泉皱眉道："为什么偏偏这个时候到？"那家丁嗫嗫嚅嚅，退了下去。

第四章　拳来脚往

　　唐铁泉无奈，站起身来说道："信州五龙帮马青龙马师傅到了，我们出去迎他一迎。"众人一齐站起来，随着唐铁泉来到厅门口，只见陆府几个家丁搀着一位弓腰曲背、形貌落拓的小老头儿，急匆匆地走了进来，后面还跟着几个弟子，俱是带泥被雨，狼狈不堪。这个小老头儿，叶枫却是识得的，正是信州五龙帮帮主马青龙。

　　上官鹏奇道："马老弟，你这是怎么了？"

　　那小老头儿马青龙摇头道："唉，一言难尽、一言难尽。"众人把马青龙让到东首就座，家丁端上清茶点心，马青龙拣着吃了两块，喝了一杯茶，脸色才舒缓了些，身后的弟子却有如风卷残云般将端上来的两碟点心吃了个精光，周遭众人看得目瞪口呆，舌挢不下。

　　吃喝毕，唐铁泉方才向马青龙介绍大家。上官鹏与马青龙早已认识，花赛李以及括苍派诸人见他来时情状颇为狼狈颠顶，暗暗地都有些瞧他不起，言语之中也冷淡了不少。马青龙神色如常，佯作不知，与众人一一见礼。

　　待见到西首那位绿衣女子时，马青龙忽然僵立在地，两眼直勾勾地望着她，表情疑惑不定。叶枫哼了一声，转过头去，一些年轻弟子也在不怀好意地吃吃偷笑。

　　那绿衣女子笑道："马老爷子，你不认得我了吗？"

马青龙听到话音才恍然大悟，立时圆睁双目，怒道："果然是你！你……你……究竟是男是女？为何一路上屡次戏耍于我？"

那女子嘻嘻一笑，说道："马老爷子好生无趣！黄岩山奇岩众多、山清水秀，乃是风光绝佳之处，三春时节，恣意一游，岂不快哉？"

马青龙不怒反笑，说道："你是女子，那么你是叫卫心如，不是叫什么胡尺了？"那绿衣女子卫心如点了点头，算是默认。

马青龙接着说道："陆掌门的那封书信想必也是姑娘借去的，就请赐还吧。"

卫心如想了想，说道："好像是有那么一封信，上面写了些什么久仰丰姿、如雷贯耳，还有什么意欲妄攀风雅，就正于各位方家什么的，酸不拉唧的，全无用处，我早就将它丢在黄岩山了。马老爷子如若不信，不妨再去黄岩山找找，反正这几日你早将山上的一草一木都摸熟了，要找回那封书信想来也不是什么难事。"

马青龙气得髭须翘动，哼了一声，一拍桌子站了起来，将长衣下摆撩起塞在腰间，束了束腰带，来到前堂正中，说道："原来姑娘让我们在渺无人迹的空谷中观赏风景，好，好得很。不过老夫不识好歹，亟盼知道姑娘的师承来历，只好拿几根老骨头，来挨挨姑娘的粉拳，这就请下场赐教吧！"

卫心如尚未答话，从她身后闪出端木砚，上前两步，满面堆欢，拱手说道："我来陪老爷子过招如何？"

马青龙认出端木砚的声音，不知之前结下了什么仇怨，咬牙道："再好没有，请接招吧！"话音刚落，呼地一拳，径袭脸面，端木砚沉肩滑步，躲开这一拳，还了一招，霎时之间，二人各展拳法，已拆了十余招。

马青龙是信州五龙帮帮主，向来以腿法和鞭法见长，但此时只见他身如箭飞，只用双手钩拿拍打，招数飘忽灵动、变幻无方。端木砚则是凝神斜立，只将掌力一掌掌极缓慢地推送出去，仿佛每一掌都要用尽全身的气力，远不如马青龙那般轻翔灵动。周围众人大多只看了端木砚两眼，就都将目光集中在马青龙身上，看他犹如彩蝶穿花般越打越快，都在心中暗暗称赞不已，早已将先前轻视他的心收了起来。

两人又斗了二十几个回合，端木砚出掌越来越慢，但掌风森然逼人，破空声劲急凛冽，有如云卷雾涌，将马青龙迫得越来越远。

马青龙见势不妙，突然轻叱一声，瞅准端木砚两掌之间的间隙，斜身侧闪，身子蓦地飞腾，向着端木砚的面目和胸腹接连不断地踢出，一脚紧似一脚，极是凌厉狠辣，刹那间就已将端木砚的上盘全都罩住。

端木砚在二十招之前就在等马青龙这一踢，这时只见他不慌不忙，身随势转，全身上下毫不受力，将马青龙的全部力气让到一边，双手拆扭送挡，乘暇抵隙，在电光火石间往空中一抓，不知怎的竟抓住了马青龙的双足足踝向外一甩。

马青龙顺势在空中翻了一个筋斗，稳稳地落在地上，正待上前再战，就觉腹中饥饿，全身气力不济，自知刚才那一甩已是对方手下留情，今日再难取胜。过了半晌，这才叹了一口气，脸上神情甚是不忿。

这时端木砚已不再是嬉皮笑脸的模样，抱拳说道："马师傅承让了，若不是在下先前曾两次见你使过这招'缠拦连环腿'，又倘若马师傅现下神完气足、身子无恙，我断乎不是您的对手。马师傅武功高强，在下十分钦仰敬佩。"

马青龙心知假如两人平手过招，那么谁胜谁负，殊难预料。只是听他自承不及，总算在众人面前保全了自己这张老脸，倘若再上前纠缠不休，倒有点近似无赖的形迹了。

上官鹏记挂着玄修功，生怕马青龙不服，又要与端木砚争斗，急忙说道："马老弟，这里不是你们讲论私人恩怨的地方，不妨忍一时之气，还是以括苍派立新掌门之事为重。"

马青龙果然噢了一声，转身问道："不错，哪一位是括苍派新任掌门，玄修功功法秘籍呢？能否借在下一观？"

括苍派众弟子见马青龙一开口就问玄修功的功法秘籍，显然又是一位为此而来的主，不由得都皱起了眉头。

二弟子时秦中不再等唐铁泉开口，径直上前团身打了一躬，说道："上官掌门、马师傅、花师兄，定立掌门乃是门派头等大事，岂能在匆忙之间就胡乱决定？再者虽然家师突然亡故，但师娘和众位师兄弟还在，大可一同商量定策，外派之人似乎不便喙吧！"

马青龙道："不然，凡有誓言，安能不践。陆掌门信中分明邀请我们上山共同参悟玄修功功法，如今你们迟迟不肯选出新掌门，究竟要我们等到什么时候。老夫食量宽大，过得几天，只怕把你们括苍派吃也吃穷了！"梅花拳、双绝门、五龙帮众人顿时哄笑起来。

笑声中，时秦中对着马青龙说道："马师傅，你口口声声说是师父写信邀你上山，只是不知那信现在何处？"马青龙一时语塞，又羞又气，转过头来狠狠地瞪了卫心如一眼。

时秦中不再理会马青龙，继续说道："三位掌门在江湖中位望甚尊，都有一身惊人的艺业，足以睥睨群豪。像花师兄方才那一下'劲风扫叶'至少已有八九成的火候；马师傅的'缠拦连环腿'更是灵动绝伦，晚辈万万不及。不过据我看来，似乎都还未臻一流之境。晚辈根钝，好在用功勤些，师父教授的拳经刀法从来不敢怠忽。但十余年来也未能将本派的刀法更加精进，因此常常受到师父的责骂。晚辈斗胆说一句，咱们艺专祖学、不暇旁骛，尚自修习不得周全，要别派的武学奇经做什么？师父请各位上山究竟做什么我实不知，但他既已亡故，此事只好作罢，在下心中万分抱愧，尚请各位掌门宽宥为幸。"

话声甫毕，括苍派大多弟子已在频频点头，就连梅花拳、双绝门、五龙帮中一些弟子也在交头接耳，厥声甚杂。

上官鹏心急如焚，花赛李看似镇定，但也已频频朝着对面的唐铁泉使眼色。唐铁泉虽是括苍派大弟子，素日里放纵无检，但总算对老二还有三分忌惮，看到花赛李逼视的目光，只好将头转开，装作不知。

他刚将头转了一转，就瞥见人群中有一人，身形清癯，低头不语。唐铁泉见到此人，心中一喜，暗道："怎么忘了还有他！"

第五章　以武夺帅

　　唐铁泉看中的这人是括苍派中第四弟子徐仰从，他从小家境贫寒，上山之后，是唐铁泉见他可怜，常常接济他一些银两，因此他对这个大师兄感激涕零，奔走趋奉，服侍得极为殷勤，从来不敢拂逆其意。

　　果然唐铁泉茫然无计之际，只好抓住徐仰从问道："四弟，这件事你怎么看？"

　　徐仰从愁眉苦脸地抬起头来，看到众人都在注视着自己，心中更加怔忡不安，唐铁泉又追问了一遍，徐仰从没奈何，只好低下头，支支吾吾地道："师父、师父既然没有留下遗言，江湖中的规矩，就该当、该当……大师兄，继任掌门。"

　　唐铁泉闻言一喜，从椅子上站了起来，说道："四弟说得对极！那几天晚上师父天天都去后山修炼玄修功。我亲眼看见，那一天晚上，师父突然走火入魔，跟着失足掉进旁边的西山瀑布，哪有留下什么话来？那时他只是掐着自己的脖子，一直喊：嗬——嗬——！"

　　众人听得毛骨悚然，仿佛陆改樵就在自己身后，否则为什么青天白日的背后凉风嗖嗖？

　　马青龙定了定神，说道："这件事我们已经了然，贤侄就不必再说了。"唐铁泉答应了一声。

　　过了半晌，上官鹏说道："这掌门一席，自来不立贤便立长，陆掌门既无遗言，理应由门中大弟子接任，方为适当。"

花赛李接道："不错，诸位是否记得，三十年前洞庭帮帮主郎震海被魔教所害，三门六派共同推举帮中大师兄继任帮主一事？如今，洞庭帮好生兴旺，帮主一声令下，帮众尽皆悦服凛遵。追根溯源，还是全赖当初公推之功。"

马青龙和上官鹏一齐点头，括苍派中有几个平时与唐铁泉、徐仰从关系不错的弟子也已经等不及开始吹呼起来，一致拥护大师兄继任掌门之职。

唐铁泉喜气洋洋，来到场子中央，正想说几句感激的话，忽听有人说道："师父以前不是常说要'以武夺帅'吗？"此话原不甚响，但此时正好大家都安静下来聆听大师兄说话，因此显得格外爽脆利落，每个人都听了个清清楚楚。

说话的又是那个姓童的年轻弟子。此人姓童名炎，是个上山才一两年的年青弟子，平时喜欢说些戏谑调笑的言语，但此时自知说错了话，正躲在人群中偷偷向外张望，只见大师兄虽未回过头来，但衣服下摆簌簌抖动，显然是气恼已极。

唐铁泉气极，时秦中倒是感激地看了童炎一眼，心中暗道一声惭愧，朗声说道："不错，过去师父经常说，别派武功练到一定程度往往便会停滞不前，而我派弟子却是半天也不敢偷懒，每天都勤练不休。就是因为在我派，弟子想要成为掌门，就要以武功定高低，这也是括苍派武功愈来愈强的根本法门。师父的这些话，在场的师兄弟，大伙儿都是听过的，是不是？"

括苍派中大多弟子都点头称是，就连马青龙也说道："如此甚好！久闻括苍派刀法精微奥妙、变化多端，如能亲眼看到，倒也不虚此行！"说完看了唐铁泉一眼，只见他默然不语，脸色十分难看。马青龙见他神色有异，出乎自己意料之外，心中暗暗觉得此事似乎不是太妙。

原来唐铁泉虽是大师兄，但此人吐属粗鄙、武功平平，向来为众师弟们所不服。好在唐家乃是浙东豪富之家，仗着家世余荫，每年都孝敬师门大把的银子，师父师娘也只得睁一只眼闭一只眼，由得他胡来。如果要比武较技，绝无取胜的把握，连他自己也是半信半疑，说不定还是怀疑的成分更加多些。

花赛李鉴貌辨色，也察觉出唐铁泉殊难取胜，想了一想，说道："陆掌门既说要'比武夺帅'，但并未讲明这武应如何比法？倘若你们师兄弟几个轮番上前挑战唐师兄，那就累也累死了他。若是依我的主意，唐师兄是一定要下场的，此外还应有两个帮手，三战两胜。我和马帮主都已露了一下身手，上官掌门却还深藏不露，想来大家定是极想见识一番。而我虽然输了一阵，但心中兀自不服，也想将多年心血就正于各位方家，只是不知道马帮主能不能让我一让？"

马青龙点了点头，面目木然，毫无表情，心中想："你自己都已经拿定了主意，还假意问我作甚？"

花赛李站起来作了一个长揖表示感谢，又坐下继续说道："另一边就以时贤侄居首，这位叶枫叶世兄方才频频冷笑，似乎对在下的调处颇为不满，那就请一并下场指教吧！还有一位……嗯，刚才说要'比武夺帅'的那位小哥，你总不能出了个主意让别人顶缸，自己溜之大吉吧？"

童炎一听，转身就跑，可跑不了几步，就被其他弟子嘻嘻哈哈地抓了回来。两个弟子一左一右将他架在中间，童炎张目结舌，全身簌簌抖个不停，脸上汗出如濯，这回倒是一个字也不敢再讲了。

时秦中小时候就听师娘讲过"田忌赛马"的故事，此时在心中反复盘算："这一场架看来是非打不可的了，当真要是打起来，五师弟对上大师兄必胜，自己倘若对上上官鹏，依仗着自己年纪小得多，血气壮盛，只要在开始的两百招内，紧紧守住全身门户，再伺机反击，至少应有六成胜算，最多也是不胜不败之局。如此看来，这一场赌，己方的胜算倒还大些。"

盘算已定，时秦中对花赛李的话不置可否，转头向着叶枫使了个眼色。

叶枫会意，点了点头，来到场地中央，对着唐铁泉说道："大师兄，请！"说罢从腰间拔出单刀，刀口朝下，双手虚握，凝神斜立，正是括苍派正宗刀法的起手式。

至此地步，唐铁泉只好也抽出刀来，想要交代几句话撑撑场面，一时也想不出什么话来，肚里喃喃咒骂，眼里似要冒出火来。几个年纪较小的弟子，早已七手八脚地将桌椅搬到一边，腾出一块空地，好让师兄弟动手过招。其他三派的弟子在西首，挤挤挨挨，谁都想抢占一个好位置，后面的人推推搡搡，前排的人低声咒骂，乱哄哄的十分热闹。

就在这时，叶枫忽道："且慢！"唐铁泉心中一喜，却见叶枫走到西首，向着正在拼命向前挤的人群说道："我们师兄弟有一场架要打，刀剑无眼……"

话音未落，叶枫忽觉脑后金风飒然，想要闪开，又怕伤了眼前无数的人，只得举刀往身后奋力一架，只听当的一声，双刀互斫，迸出点点火星。

第六章　紫檀木板

原来是唐铁泉乘机偷袭，不料却被叶枫挡开。唐铁泉心想："背后偷袭这等下作的勾当都做了出来，索性一不做二不休，只要能赢下一场，我就能登上掌门宝座，到时大可将一切都推到他身上，我才好脱身。"

想通此节，顿时精神一振，一刀紧似一刀，尽往叶枫要害处招呼，霎时间已攻了二十余招。叶枫一面招架，一面在心中不住价叫苦。

原来唐铁泉第一招原本就是偷袭，又是他倾尽全力的暴起一击，叶枫其时内息尚未调匀，勉强抵挡一招后，就觉得体内杂息奔腾，无法调御，真气一旦运行至胸前就完全凝滞，痛彻肺腑，出刀时大感窒滞。再加上唐铁泉毫不停留地连攻二十余招，虽然反反复复就只是一味地蛮冲急攻，但胜在膂力雄浑，竟迫得叶枫手忙脚乱，全处下风，他在心中暗道："叶枫啊叶枫，今日一败涂地，虽说是敌人阴险，也是你平日太过目中无人的缘故，以后再临敌对阵，可万万不可如此掉以轻心。以后……我还有以后么？"想象中自己身受重伤，流落江湖，受人欺凌，心中一阵惶恐，冷汗涔涔而下，刀法更见散乱不堪。时秦中、诸英豪等一众弟子在旁观斗，全都惶惧不安，见之于色。

上官鹏、花赛李、马青龙站在一处，但见唐铁泉圆睁双目，直上直下地拼命砍杀，与传说中的括苍刀法相去甚远，都在肚中暗暗感到好笑。

马青龙不解地问上官鹏："老哥，这就是括苍刀法么？"

上官鹏喃喃地道："江湖上常有人言道，括苍派刀法可称得上是'凤舞鸾翔''变幻无方'，可是这……这……"

花赛李低声道："我看他不是'乱花渐欲迷人眼'，而是'岭南初放一枝梅'了！"马青龙扑哧一声，险些笑出声来，好在及时用手掩住了口。

可是这一声还是钻进了唐铁泉的耳朵里，他心中微感奇怪，手上不由得缓了一缓。

叶枫左支右绌，勉力支撑多时，手臂更是酸软不堪，单刀几欲脱手而出。这时忽觉唐铁泉招式放缓，不再像先前那般森然逼人，立时惊喜交集，急忙深吸一口气，将真气在期门至巨阙之间迅捷无伦地运行一周，胸腹间由实返虚，烦恶尽去。

死生俄顷之际，叶枫不敢再有丝毫大意，刀锋如电，蓦地劈向唐铁泉的腰腹间，左手五指箕张，展开大擒拿手法，拆扭送挡，寻暇抵隙，封住对手的右腕。这正是括苍刀法中极高明的一招"三环套月"，专门用来夺下对方手中的兵刃，不管是刀剑枪棒、拐子流星，手到擒来，百无一失。

唐铁泉看到叶枫使出这招"三环套月"，心中雪亮，这一招的解法是撒开手中的兵刃，向后着地滚开，方能逃得性命。可是这样一来，这场比试，自己终究是输了。

倏忽之间，唐铁泉全身的血液好似一齐涌上头顶，心想："咄！老子就是死了也绝不能输给老五！"言念及此，索性将心一横，右手反而更加紧地攥住刀把，全身屹然不动，闭目待戮。

眼看叶枫这一刀要是用得实了，唐铁泉就有开膛殒命之祸，旁观众弟子一齐惊呼起来，徐仰从更是吓得魂胆俱消，大喊道："五弟住手！"

叶枫听到"五弟"二字，蓦地动念，手臂急忙缩了半寸。只听嗞的一声，刀锋贴着肌肤划过，将唐铁泉的衣襟划开一个大口子，露出胸口毵毵黑毛，一小块紫檀木板顺势从他怀中滚落，唐铁泉神情紧张，急忙捞起小木板，抱在胸前。

众人连同括苍派弟子在内，谁都没见过这个物事，互相面面相觑，惊疑不定。只见它长不过四五寸、阔仅二三寸，面上斑斓驳杂，镂嵌精工，刻了好些花纹表记，此外也没有什么特异情状。

大家正惊疑间，只听那绿衣女子卫心如低声呼道："是《木纹经》，动手！"

"手"字刚一出口，端木两兄弟身子蓦地飞腾，一齐向着唐铁泉窜去。

他们快，有的人比他们更快。众人头上的屋顶忽然屋瓦纷飞，霍然而开一个大洞，从洞中跃下一个人来，身穿皂衣、黑布蒙面，身子在半空中时就已经五指箕张，向唐铁泉手中的木板抓去。唐铁泉手中没有武器，武功又不济，哪里躲得开那捷如闪电、势若奔雷的一抓？

叶枫离唐铁泉最近，两大步就跨到他身边，一把就将那紫檀木板夺了过来，转身往人群中跑。黑衣人扑了个空，大为光火，顺势飞起一脚，将唐铁泉踢了个筋斗。咔嚓咔嚓数声，唐铁泉前胸肋骨折断了几根，呕出一口鲜血，在磨治光洁的地上骨碌碌地滚了下去。

这时括苍派其他弟子早已将黑衣人团团围住，十余柄单刀纵横挥霍，一齐向他身上招呼。只见那黑衣人在钢刀丛中左穿右插、蹿跳迸纵，俨如蜻蜓掠水、彩蝶穿花一般，十余柄单刀连他的衣角也没能沾上一点儿。

时秦中越斗越惊，抖擞精神，将所学刀法使将开来，拼命砍杀，不时招呼众师弟围追堵截。前堂中登时一片刀光人影，斗得尘土飞扬。

叶枫将那物事贴身藏好，眼见师兄弟们无法取胜，也举起单刀，就想加入战团。但此时忽觉身子一轻，已飘浮在半空中，随即电掣星驰般向前院飞去。原来那黑衣人无心与众人纠缠，瞅准一个空隙，闪到叶枫身边，转臂一挺，竟将他举了起来。两个人叠罗汉似的，朝大门疾冲而去，时秦中率领众师弟大呼小叫地追赶上来。

叶枫被人拿住臀部，高举在半空中，实是生平未有之遭遇，不觉又好气又好笑，把单刀往身下乱拍乱打，拼命想挣脱下地，忽然胁下腰间章门穴一麻，顿时骨软筋酥，全身动弹不得，已被点中了穴道。

黑衣人挟了叶枫正要离开，就听破空声劲急凛冽，跟着电光闪烁，四件兵器，分开左右两边，一齐向他急攻而来。左边是两枝子午鸳鸯钺，如日月相叠，鹿角立竖，四尖八刃，锋利无比，专破长兵利刃；右边是一对八卦风火轮，半圆护手，轮边四个突起小弯角，最能锁扣敌人兵器。原来是端木兄弟终于出手，执子午鸳鸯钺的是端木笔，拿八卦风火轮的是端木砚。

黑衣人看得分明，哼了一声，不知他使了个什么身法，只见空中有青光闪动，铮铮两声，闪电穿针的工夫，端木兄弟急挥钺轮，挡住了黑衣人无形有质的凌厉暗器。两人手臂微麻，大惊后退，只一转眼的工夫，再看黑衣人和叶枫，已然消失不见。

端木笔从身前地上捡起半片茶碗盖，对着边缘整齐的切口凝视良久，又回头看了看同样是一脸茫然的弟弟，两人此时心中转动的是同样的心思："这人是谁？武功竟是这般了得？"

第七章　锒铛入狱

距临海县一百六十余里处，有个州郡，以境内四明山为名，就唤作明州。这日清晨，刚交五更，四明山和明州城内诸寺观便已鸣钟，庵舍行者、头陀，打着铁板儿沿街报晓。御街店铺，闻钟而起，卖早市早点。有卖烧饼、蒸饼、糍糕、雪糕等点心者，又有浴室门卖面汤者，从南至北，大街小巷，在在有之。

城北有一条小街，长里许，宽不过二三丈，歧途曲巷的尽头，有一座高大的牌坊。牌坊以里为大门，大门两边八字墙上张贴着些告示、榜文等，后面是一座五进的院落，青墙灰瓦，乌梁朱门，墙墉高峻，正是明州府衙署大院。

"当当当！邦邦邦！"天刚破晓，从内衙传来一阵云板和梆子声，过不多时，衙署大门咿呀一声，被人推开一条缝，从里面挤出一个小门子，睡眼惺忪，穿着一件半旧的号衣，使劲将门推至半开。忽然他眼前一花，似乎一个物事窜入了内院。小门子唬了一下，急忙揉揉眼睛，跳入门内四处张望，只见土地祠、衙神庙等处，只有几个小牢子慢吞吞地打扫地上的落叶，除此之外并无一人。小门子呆了半晌，往地上吐了口唾沫，骂骂咧咧地转身走开了。

这个时候，大堂之后的二堂之上，明州知州事王申正手持一张昨日才接下的状纸——细览，准备升堂后再行发落。蓦地里，只觉得眼前人影绰绰，有两个人悄无声息地出现在自己眼前，阳光从雕着福寿云纹的窗格中透入，将两个人的影子映射在磨治光洁的地上。

王申着实吓了一跳，身上立时出了一身冷汗，手中的状纸把持不住，飘落在地上。眼前其中一人弯下腰去，捡起那张状纸，瞥了一眼，嘿嘿冷笑。

王申见这二人虽然举止特异，但并未立时取自己性命，惊慌少抑，正想呼唤下人，就见捡拾状纸那人抱拳施礼，说道："大人莫要惊慌，小人是来投案自首的。"

这一番言语又让人大大出乎意料，王申呆了半晌，强自镇定地道："既如此，下……站何人，快快报上名来，所犯何事，一一道来，待本官与你审问明白，再来发落。"这几句话王大人不知说过多少次，但此刻说来恓恓惶惶，再加上全身情不自禁地抖个不停，全不似平时公堂之上神定气闲的模样。

那人道："大人不要多问，只快快将小人收监就是。"

王申又好气又好笑，说道："荒唐！荒唐！看你吐属不凡，也是念过几天书的人，怎么说起话来如此颠三倒四！罢了罢了，念在你们初犯，此次便原宥你们一回，速速与我退下吧！"

那人并未依言退下，想了一想，说道："某自知有罪，自行申报投案，你却不依照申报处理，既如此，我就申报提刑、申报转运、申报廉访、申报帅司、申报省部、申报御史台、申报朝廷，直到身死方才罢休！"[注1]

王申听到一半时便已勃然大怒，全身簌簌抖动不停，怒斥道："反了！反了！大胆刁民！来人哪！快快将这两个狂徒关进大牢！"

宋朝人不仅自己谨避皇帝名讳，有的还要求别人避自己的名讳。曾有田登在宋仁宗至和年间任南京留守，上元灯节，官署依先例禀报节日放灯一事，田登便在申状上批示道："依例放火三日。"因为这个缘故被言论攻击而罢官。这个明州知州事王申，也是田登一流的人物，极不喜别人在自己面前提到一个"申"字，今天不知从哪里跑来两个怪人，一口气连说了十一个"申"字，怎不令他气哄哄地恚怒不已？

王申敲台拍凳，大发脾气。不一会儿，从门外拥入七八个衙役、差拨，手里拿着铁尺、棍棒，将两人团团围住，扭手抱脚，要将他拖了出去。

那人哈哈大笑，迈开大步转身便行，那些衙役反倒像是被他拖着走一般。将要走出厅门之时，那人忽地停下脚步，转身对着王申说道："大人，这个东西是你的吧！"说着，左手托起那张状纸，右手轻轻一弹，那张状纸便笔直地向着王申飞去，就像是有人在下面轻托着一般。衙役们几时见过这等精妙的功夫，一个个都张大了嘴，舌挢不下。

王申面如土色，无奈地伸手接住了状纸，只听那人又说道："大人，不如让张家搬到薛家，薛家搬到张家，大人你看如何？"说完头也不回地在众人的簇拥之下往大牢大步走去。王申慢慢坐倒在椅子上，捻须皱眉，细想他说的话，若有所思。

大牢就在衙署西南仪门之外，"坤"位之上，称作南监，青砖灰瓦，墙高逾丈，上面攀着密密的铁丝网。众衙役将两人带至外监，推入一间男牢，锁上牢门，扬长而去。

那人环顾左右，只见这间小小的牢房低矮阴暗，开有一孔小窗，地面是粗木厚板所制，上面厚厚地铺着一层干稻草，此外只有一桌一凳，刷了一层新漆，想来是怕虫蝇滋生、传染疾病的缘故。

那人满意地点点头，找了个墙角坐在稻草之上，从怀里掏出一块小小的紫檀木板，借着窗孔中透入的些许阳光，用手仔细地摩挲，脸上神情似是爱恨交织，又有些悲凉萧索。

原来此人就是几天前在括苍山掳走"玄修功"和五弟子叶枫的那个黑衣人。他自行投入大牢，只是要找一个安静所在，细思玄修功的秘奥。像括苍派这种江湖帮派，虽然并非黑道中人，也不是犯上作乱之徒，但在武林中各具声望，帮主、掌门均是独来独往、自视甚高的人物，对官府向来不瞧在眼里，也从不与他们来往，要避开他们的耳目，官府大牢确是一个极佳的藏身之所。而黑衣人轻功武技已臻佳妙，这里虽然墙垣高耸，守卫森严，但在他眼中宛如阳光大道，要走便走，方便之极。

过了一会，和他一起被投入大牢的叶枫"嗯"的一声，醒转了来，被黑衣人点中的几处穴道时辰一到，慢慢地有些松动，只是四肢仍然麻木不堪，就算想移动一根小手指也是不能。叶枫睁眼望着黑黝黝的屋顶，气敛神聚，静待穴道自解。牢房中静寂无声，只偶尔有老鼠跑过时，吱吱连声。

过了小半个时辰，叶枫穴道全解，只见他从地上一跃而起，扑到牢门上，双手攀住网栏，大声喊冤。

不一会儿，噔噔噔跑来一个牢子，手里提着刀，不住口地咒骂："哪里来的死囚徒！你这厮吃了豹子心、大虫胆，大呼小叫的做什么？"边说边用刀背乱打，叶枫闪避不及，左手食指已被拍到，痛入骨髓，急忙放脱了牢门，不敢再喊。那牢子又咒骂了好一阵，才转身离开。

叶枫左手火辣辣地疼痛难忍，又无缘无故地身陷囹圄，心头顿时一股无名火起，俯身从地上拾起一根干柴，冲着黑衣人怒喝道："老奸贼，今天不是你死，就是我亡！"拉开架式，向着黑衣人左肩削去。

（［注1］宋人多有自讳其名者，宋代庄绰所撰《鸡肋编》中记载了这样一则故事："……又有典乐徐申知常州，押纲使臣被盗，具状申乞收捕，不为施行。此人不知，至于再三，竟寝不报。始悟以犯名之故，遂往见之云：'某累申被贼，而不依申行遣，当申提刑，申转运，申廉访，申帅司，申省部，申御史台，申朝廷，身死即休也！'坐客笑不能忍。……"（［宋］庄绰、张端义，撰.李保民，校点.鸡肋，编.贵耳集［M］上海：上海世纪出版股份有限公司.上海古籍出版社，2012：50.）本书借用了这个故事，特此说明。）

第八章　见招拆招

黑衣人轻哼了一声，端坐不动，右手在地上摸了一圈，拾起一根细竹枝，在干柴上一点儿一领。虽然力道不重，但叶枫却不由自主地划了半个圈子，"笃"的一声，结结实实地将干柴戳到了石壁上。这一戳力量既大，又是毫无防备，叶枫顿时觉得整条右臂都已震麻，臂骨好像被折断为数截，强自忍耐才没有喊出声来。

干柴粗且长，竹枝细而短，但黑衣人用的是"渡河未济、击其中流"的法子，那一点儿看得极准，正是叶枫前力已尽、后力未续之际，使力而不见费力，发劲而不见用劲，轻轻巧巧地就将叶枫的力量引开，不但伤不了敌人，反而尽数用在了自己身上。

叶枫武学修为尚浅，不晓得这种以巧御拙的法门，抱着右臂蹲在地下苦苦思索，过了半晌，大喝一声，忽地跃起，干柴径直向着黑衣人的足踝处扫去。

原来叶枫方才蹲在地下之时就已有了打算，这一招纯粹是为了攻击黑衣人的下盘，使他避无可避，势必跃起反击。牢房狭小低矮，无法高跃，闪避之时必然颇为颠顿，叶枫早已预伏三招厉害的后手，到时伺机使出，就算伤不了他，只要逼得黑衣人左支右绌，大感狼狈，就算是出了胸中的一口恶气。

黑衣人暗暗点头，但他并不站起，只用手指捻着竹枝，搭在干柴上向下摁去。叶枫这一招原本就是攻击下三路，黑衣人顺着他的劲力再加上三分，干柴立时贴在了地上，纹丝不动。

叶枫的如意算盘全部落空，面红耳热，握住干柴使劲回夺。黑衣人哈哈一笑，松开劲力，叶枫手上一松，噔噔噔向后退了好几步，方才拿桩站住。

叶枫连输两招，丝毫不以为意，盘膝坐下思索了片刻，复又跃起再斗。两人翻翻滚滚斗了一百多招，叶枫连对方的衣角都没挨上半分，那黑衣人出手有时极轻巧，有时却极沉重，看似全无章法，仿佛是一个全不会武功的汉子，但每次都凑巧化解了叶枫繁复无比的招式。

叶枫胜在年轻、血气壮盛，虽屡屡受挫，却是愈挫愈勇，越斗越觉得兴味盎然。有时将旧招略加变化，该当上削的改为下劈，原本直击中宫的变成侧身戳脚，有时随手加上几招新招，有时直接将对手的招式化为自己所用。但无论他怎么变招，都无法攻进黑衣人身前三尺之地。

黑衣人见叶枫苦斗不退，新招又是层出不穷，也是大感有趣。中午时分，一个牢子送进来两碗糙米饭，一瓦罐清水。叶枫吃了两口，难以下咽，搁在一边，黑衣人却毫不嫌弃，吃了个兴会淋漓。

叶枫耐着性子等他将米饭清水吃个底朝天，这才上前索斗，至晚间，两人已不知拆了多少招。一天之中，只开始时有几个小牢子过来探头探脑一番，到后来就再无人理会，叶枫微感奇怪，但其时正在酣斗之中，倒也并不在意。

晚饭时，叶枫饥渴难耐，只好将糙米饭勉强吃了半碗。此时窗外一钩斜月，渐向西沉，牢内沉黑如墨，两人只得罢斗。黑衣人虽未出全力，但年纪比叶枫大了许多，这时也已感到精力不济，于是自顾自的和衣而卧，不一会儿鼾声大作，已沉沉睡去。

叶枫睡意全无，在牢房地上踱来踱去，一边细思今天的这番拼斗。但思来想去，似乎不管怎么变化，都破不了黑衣人看似笨拙无用的几招。想到这里，不觉有些心灰意冷，拿着干柴在空中胡乱挥舞，一会儿是一招"毒龙出海"，一会儿又是"摘斗移星"，中间又加进几招黑衣人使过的招式……一连耍了几十招。

待他第三次使出"摘斗移星"之时，忽地心念一动，拉开架式，将黑衣人与他拆解的第一招依样照式试演了几遍。这招他今天也使过几次，但却从未像现在这般令他惊疑不定。

原来这招虽然只是简单的一点儿一领，但出手的方位、姿势，甚至劲力的大小，却与叶枫早已熟悉的"摘斗移星"颇为相似。只是"摘斗移星"招数较为纷繁复杂，一招之中就有七八般变化，还有数招后手用来配合这些变化。黑衣人那招却是极简单平实，但威力似乎大了不至一倍。叶枫又惊又喜，将这招反复试演了几遍，越练越是觉得畅快无比，一直练到浑身大汗淋漓时才罢手。

两个门派若有某一招或几招偶然形似并不鲜见，但各门派都有自己独门的内功心法和运功口诀，似这般连运力的法门、出手的方位都几乎如出一辙的却是绝无仅有。叶枫越想越疑惑，忍不住走到黑衣人身前，就想唤醒他来问个明白。

黑衣人面朝墙壁，脊背向外，睡意正浓。黑暗中，叶枫站在他身后，心里头蓦地冒出一个念头："此刻我一棒打下去，他哪有还手之力？"随即摇了摇头，轻笑一声，说道："我叶枫岂是此等背后偷袭的小人！"转身走向另一侧墙壁，靠墙倚壁，和衣坐下，望着窗孔外的数点疏星，不一会儿就觉眼皮沉重，渐渐地呼吸低沉，入了梦乡。

迷迷糊糊中，叶枫似乎又回到了括苍山，和师妹陆青锋在象鼻洞、插剑岩等处玩耍嬉戏。师父原来并没有死，和师娘水清、二师兄时秦中在一旁微笑观看，并不言语。

正值玩到畅快之时，突然天地间变了颜色，陆青锋回过头来，脸上神情冷峻之极。叶枫正要上前询问，忽见陆青锋从腰间抽出柳叶刀，使出一招"摘斗移星"，就朝叶枫劈来，才使了一半，却又变成黑衣人的招式，在一旁的师父等三人一齐鼓掌喝彩。

叶枫吃了一惊，这一招的厉害自己已见识过多次，知道万万抵敌不住，慌忙取出兵刃招架，没想到手里只有一根干枯的木柴，匆忙间往上一架，陆青锋手起刀落，将枯柴劈为两截，刀锋顺势而下，眼看就要挨上自己的头颈，叶枫急得大叫："师妹刀下留情……"

"啊"的一声，叶枫从睡梦中惊醒过来，只见窗外冷月斜悬，牢内阴暗潮湿，才明白这些原来都只是一个梦魇。他用手抹去额头上的冷汗，长吁了一口气，才发现睡在他对面的黑衣人也已惊醒，正用两道鹰隼般的目光逼视着他。黑暗之中，只见他眼缝中神光湛湛，越发令人胆寒。

沉寂片刻，黑衣人问道："小子，你自练你的功，我睡我的觉，你站在我身后做什么？"

叶枫奇道："原来你没有睡着？"

黑衣人冷冷地道："卧榻之侧有人安枕，我怎敢睡着……"

叶枫坦然道："不错！我原是想趁你不备，结果你的性命，但比武不成便暗中偷袭，岂是我辈所为？"

黑衣人面色稍霁，说道："哼，鸭子死了嘴还硬，就算你暗中偷袭，又岂能伤得了我？你想想，我睡觉之时，两只手怎样？两只脚又怎样？"

第九章　过往情事

　　叶枫不明所以，低头细细回想。当时月华如水，但隐隐约约仍可瞧见黑衣人的样子，叶枫一面回想一面说道："嗯……你的一只脚平直，紧贴地面，另一只脚略弯，足尖向内，似乎是擒拿手中的一招，那是……那是……"

　　"那是兔子搏鹰式！"黑衣人说道，"那时你如稍有异动，此刻性命早已不在了！哈哈，很好，很好！"

　　听到这里，叶枫心中顿时狂跳不止，现在再回想当时的情形，也不过是一念之差，万没料到刚才自己已在鬼门关上走了一个来回。

　　这时天已渐渐破晓，牢房中两人的样貌也慢慢清晰起来。黑衣人在进入官衙之前就已将蒙面黑布除去，只见他双手骨节十分粗大，颏下有须，虽然容貌清癯，霜鬓已华，但眸子中似有英华隐隐，看得出年轻时长相必定十分英伟。

　　黑衣人从地上站起来，活动了一下手脚，走到窗孔前，仰头望着窗外朝暾初上，白雾弥漫，像是在自言自语，又像是询问叶枫："她……还好吗？"

　　叶枫疑道："谁？"

　　黑衣人说道："你师父死后，你师娘她……很伤心吧。"

　　叶枫听他提到师娘，连忙从地上站起身来，整了整衣襟，正色道："有劳挂怀，师父去世之后，师娘终日以泪洗面，不过托赖身子尚且安健。"

黑衣人叹了口气，说道："唉，生寄死归，本应不足介怀，她怎么还如此想不开？"

叶枫心想："看起来他倒像是师父师娘的故人，既如此，我叫他一声前辈倒也不妨。"于是拱手道："前辈，我还有一事不明。"

黑衣人转过身来，对叶枫的问话宛若不闻，自顾自地说道："我这招叫'乘机抓住'，是'柴刀刀法'的第三招。你练了半夜全无进展，叫人看着好不气闷！嗯，出招时腰胯不够灵动，右手摆放得太前，这哪里是动手过招，倒像是自己把一条臂膀送到敌人剑锋底下，自行切断一般！"

黑衣人一边说着，一边右手虚握，将这招慢慢地演示了一遍。虽然招数不多，但他使来招招凝重，却不觉窒滞，轻重进退，有如云卷云舒，渊渟岳峙，俨然透出一股大宗师的气度。

叶枫在一旁屏息凝气，圆睁双目，细细观看，只觉得一招一式俱是法度森严，只看得他心痒难耐，脸上流露出欢喜无限的神情。

黑衣人一招使完，抱元守一，气度凝重，缓缓说道："现在我说这一招的运功口诀，一共只有十六个字，却是字字珠玑。小子，你要好生记忆，我今天心情不错，也只说一次，下次再等我心情大好就不知是什么时候了。嗯，这十六个字是：上渡紫宫……"

"且慢！"叶枫打断了黑衣人的话头，说道："前辈，我是括苍派弟子，与前辈又是素昧平生。晚辈家门不幸，幼遭孤露，流落江湖，幸得师父师娘施恩收录门墙，深恩厚德，无敢或忘。前辈的高招，晚辈不敢领受！"

黑衣人脸现诧色，怔怔地望着叶枫，说道："小子，你知不知道，二十年来，这十二招刀法横行江湖，无人敢直撄其锋。黑道上的大奸巨憝，邪魔外祟，只要听到'柴刀刀法'的名号，真正当得上'望风而逃'这四个字。老夫生平从未收过一个弟子，不知有多少簪缨门第，王室巨富，将金山银山堆在我面前，只求传授一招而不可得。今天我极难得畅快一次，又因为一桩缘故，想把这套刀法传下去，只为了不辜负前辈高人创招的艰辛。过了今天，就算你在我面前磕上一千个响头，我也不会再有这等雅兴。"

叶枫天生性子执拗，黑衣人越是这样说，他反而越是摇头，倒不全是因为门户之见的缘故。

黑衣人纵横江湖十余载，从未见过这等固执的年轻人，这反倒是激起了他的豪情胜慨，冷笑道："嘿嘿，既如此，我只好将前因后果说于你听，然后再苦苦哀求你来学我这几招三脚猫的刀法吧！"叶枫连称不敢，伫立静听。

黑衣人坐回地上，又从怀中掏出那块紫檀木板，摩挲许久，方才开口说道："你们括苍派的刀法原本就是由'柴刀刀法'衍变而来，招式繁复，威力却远不及'柴刀刀法'，你可知道是什么缘故？"

叶枫噢了一声，心道："原来如此！"

黑衣人不等他回答，继续说道："老夫姓林，记得小时候，老家门口有一棵梧桐树，夭矫高挺，枝叶茂密，我那时常在树下玩耍，因此长大后便自名孤桐。二十多年前，我与你师父陆改樵、师娘水清一同拜入大侠金臂童门下，同门学艺……"

叶枫吃了一惊，说道："原来你是我的……"

那黑衣老者林孤桐说道："不错，你师父是我师兄，我排行老二，是你师叔。我们的师父金臂童乃当代大侠，只因与兄弟反目，这才破教出门，收了我们三个不成材的弟子为徒，以娱晚景。师父他老人家有两大神功，一是一十二路柴刀刀法，第二就是它。"

林孤桐用手拍了拍紫檀木板，继续说道："师父说过，《木纹经》——唉，那时还叫《木纹经》，好端端的被师兄改叫什么《玄修功》，实在是不伦不类之至——《木纹经》平和中正又博大精深，乃是世上一门极高深的内功功法，只是我们隐居深谷，不问世事，所以那时候知道的人倒还不多。

"师妹水清原是官宦人家的女儿，因得罪了当朝权相，全家老小无一幸免。我师父与她父亲是旧相识，一天夜里冒死前往营救，哪知官府早有防备，我师父虎落槛阱，拼尽全力，受了几处重伤，只救出师妹一人。我们师兄妹三人自少年时便在一起，师妹一天天长大，越发聪明颖异，仿佛江南秀气，都钟毓在她一人身上。我对师妹极为钟情，几次三番向师父恳求，要他将师妹许配与我，可师父总是推说我们学艺未成，年纪尚轻，始终不允。

"自那以后，我更加勤练武功，妄想有一天能与师妹同门结缡。师父的三个弟子中，师妹力弱，学不来那刚猛厚重的柴刀刀法，师父只得拣一些轻翔灵动的小巧招式教她。师兄资质普通，练来练去总是难臻一流之境，便将心思放在如何奉承师父上。三人中，倒是我的悟性最高，练功又勤，数年间，就已将十二路柴刀刀法融会贯通。师父十分欢喜，为了考较我的武功，就派我出谷，着实诛杀了几个黑道上的巨寇，闯下了好大的名声。

"我回谷之时，正是那一年的端阳节。师妹手巧，每逢年节，或是师父生辰，都要将我们居住的蓬壶居装扮一新。那一天晚上，谷中灯火如昼，花气熏人，我们聚在一处吃粽子、讲笑话，好不热闹。师父兴致极高，一连饮了十几碗酒，还告诉我们，七天后，待拜过火神，他就正式将《木纹经》传授于我，等我练功有成，就为我和小师妹主婚。那天晚上，和之后的几天，我意得愿遂，欢喜得不知该如何才好，就连日影水光，都含风趣，宛如是在梦中一般。

"哪知人生当真是如梦如露，正当我志得意满之时，忽然间变得仓促。我和师妹虽已有婚约，但武林儿女，并不避讳，仍在一起习武游玩。端阳节后的第六天，我与师兄、师妹一同上山，去打一些野味。那一天的我，兴高采烈，不停地与师妹开玩笑，就好像是做了皇帝一样，不，皇帝老儿整日愁眉苦脸，哪有我这般开心快活？

"哪知刚回到谷中，却发现师父房门紧闭，我们前去请安，师父只推说身子有恙，不想出门。过了一天又一天，一连三天，师父竟然没有迈出房门一步。那三天，我急得犹如热锅上的蚂蚁，从早到晚侍立在师父房门之外，三天三夜未曾合眼。第四天，师父终于传出话来，叫我们午饭后到他房中议事。

"中午时分，我们推开房门，只见里面帘栊低垂，师父就坐在床沿，静候我们。师父本就生得鹰鼻狮口，额阔颧高，相貌十分丑恶，但目朗似星，性格最是温和不过。但那时他仿佛真的生了一场大病一般，面目枯寂，双颊深陷，全没了往日的神采。我们悄无声息地在师父面前依次跪下，心里头就像有十五个吊桶，七上八下，不知他老人家将要说出什么话来。房内久久无语，不知过了多久，师父终于开口，说出一番话来……"

第十章　颠倒谬乱

　　林孤桐说到这里时停了下来，站起身，又走到窗孔前，抬头望向窗外的青天一碧，久久无语。此时晨雾渐散，已是日中，从远处街市上依稀传来阵阵马嘶人喧，乱哄哄的十分热闹。叶枫在他身后急得抓耳挠腮，过了许久，林孤桐方才问道："你猜我师父说了什么？"

　　叶枫说道："师祖想必是在练功时遇到了棘手的难题，又或是过去的仇家寻上门来，多半是他教中的兄弟与师祖结下梁子，前来寻仇。"

　　林孤桐点头道："我也是这样想，可是你猜错了，我们都猜错了。我记得清清楚楚，师父当时说话的声音就如同我这般凄怆悲凉，他说：'我自破教出门以来，蛰居山中，不再过问江湖上的闲事。这些年修习《木纹经》略有小成，又收了你们三个为徒，老怀深慰，自以为已经超脱俗务，万事不萦于怀。谁知道到老了却着了魔魇，这也是我的诸般杀业报应，非世间的针灸药石可医……孤桐，你禀赋极高，意志又坚，已将我的十二路柴刀刀法学了十之八九，日后只需勤加修练，精益求精，定能在江湖上扬名立万。只是你乃福薄之人，却与《木纹经》无缘，这《木纹经》，非福泽深厚之人不能传之，因此，我要把它传给你师兄……'

　　"我跪在地上，听师父说得凄凉，早已是泪流满面，但听到这里，仍忍不住问道：'师父，那我与师妹的事呢？'唉，我那时心里半点也没有师父，真如禽兽一般。师父摆了摆手，说道：'你们三个从小一块儿长大，感情甚笃，清儿嫁给谁都是一样的。改樵入门最早，性子沉稳机敏，家世余荫，广有田产，是清儿良配。三天后，我就为你们主婚，然后你们三个都出谷去吧，你我师徒缘分已尽，不必再回来找我。只要你们在江湖上行走时，严守门规，时时锉恶扶良，施舍贫薄，就不枉了我们师徒一场……'

"我听到这里，就如同是五雷轰顶一般，师父后面说的话竟然一个字也听不见。我看到师父的嘴巴在动，看到师兄和师妹的嘴巴也在动，他们一齐向着师父磕头，但是我什么也听不见。我没有哭，只是眼前一片模糊，迷迷糊糊中，我好像走出了蓬壶居，走出了愚公谷，来到市集上一家酒馆里喝酒。从早上喝到中午，又从中午喝到晚上，身上的钱使完了，我就把随身的刀丢给伙计换酒喝。我那口刀名叫'昃阳'，为了得到它，我打过三次架，最后一次几乎把性命送掉。但那个时候我连想都没想就把它给当掉了，因为那时我的脑子里只有酒，因为我以后再也不想用刀了。

"第二天，我仍去喝酒，但那时我已身无分文，刀也当了，只好赊酒喝。到后来店里不让赊了我就抢，几个伙计冲上前来，把我摁在地下狠狠地揍了一顿，我没有反抗，任由鲜血从我的额头、嘴角流出，流淌在地上，一直到我昏死过去……

"后来是师兄赶来救了我，替我付清了酒账，还替我赎回了昃阳刀。师兄家境殷富，出手阔绰，市集上的人都很卖他面子，就算有十个我这样不成器的师弟也料理得了。师父说得对，我是个连酒钱都付不起的穷光蛋，师妹倘若嫁给我，从此闯荡江湖，出生入死，又有什么好？

"第三天，就是师兄和师妹成亲的日子。我迷迷糊糊地看着师妹换上新娘的衣裳，迷迷糊糊地看着他们行礼，心中没有喜悦，也感觉不到痛苦，因为我也将不久于人世。那一天之中，不知有多少次我都想抽出昃阳刀，结果自己的性命。但每次手指碰到刀把，却总想看师妹一眼、再看一眼、最后看一眼，没想到这一眼却救了我的命。

"那天，师妹一直神色郁郁，偶然微现笑靥，也是转瞬即逝，与其他新妇既羞涩又欢喜的神情全然不同。我对师妹情之所钟，她的一颦一笑自然全都瞧在眼里。那时我就有些心旌摇动，一时不便就死，总想找个机会问个明白，哪知那一天又是开面又是拜堂，师妹竟无闲暇与我说上片语只言。第二天，她就与师兄匆匆拜别师父，回转临海老家去了。

"那三天，我是神志昏愦，心中更加寂如冰雪，种种颠倒谬乱之状，几不能形诸楮墨。师妹离谷之后，我却霍然如梦醒，心中渐渐地没有了求死的念头，只去了与师妹小时候常常游眺之地，将我们那时一起玩过的小木马、小布偶，与她做了给我的荷包、香囊等物一起埋入一块高约两丈、寸草不生、光滑如镜的巨石下面。那把炅阳刀，是师兄花银子赎回来的，我不想再用，就一同埋入石下。我在石前痛哭一场，回谷后就想辞别师父独闯江湖，兴许还能再见到师妹也未可知。

"回谷之后才发现师父当真病了。我急忙前去探望，只见师父躺在床上，面容枯黄，双颊却晕红似火，发鬓蓬蓬如枯草一般。我以为师父是昨日饮酒太多，夜晚偶感风寒之故，连忙延医煎药，殷勤服侍，谁知师父的病仍是一日重似一日。我请遍了附近州县的大小名医，都说不知是什么缘故，如此挨了半个月，他就去世了。师父是盖世奇侠，内功更是深不可测，怎么会突然一病不起？我曾经仔细检查蓬壶居内外一应物事，和师父的饮食汤药，一无异处。师父死去之时肌肤白皙，苍鬓乌发，也不是中毒的症状，究竟为何，实是难以索解。

"安葬好师父后，我就离开了愚公谷，二十年来在江湖上累有奇遇。几年前，我在青州曾一日救三人。清晨时救了翠微山庄骆老掌门的独子，午时是他的爱妾，晚间则力助他打退强敌。骆老庄主不得已，只好将他独步天下的轻功绝技'月赶流星'赠予我。嘿嘿，可就

算是把武功练到最强又怎样？手握着别人的生杀大权，但二十年来我没有一天真正快活过。唉，我心既已死，还有何物能够弥补？武功练得愈高，心中却愈加寂寞苦闷，反倒不如一个荷锄的农人、冶铁的工匠，一天之中总能和心爱的人儿说上几句话……"

林孤桐的故事讲完了，叶枫也已经打定了主意，他站起身来，恭恭敬敬地对着林孤桐行了个礼，说道："师叔在上，请受弟子一拜，过往弟子十分无礼，请师叔恕罪。"

林孤桐捋须微笑道："那你现在想通了没有？"

第十一章　柴刀刀法

叶枫道："是的，请师叔教我刀法，我一定用心习练，光大本门。"

林孤桐连连点头道："好，好！"脸上神情依旧悒郁，却难掩一丝兴奋之情，在狭小的牢房走了几个来回后，说道："我与你师父同门学艺，不过我师兄未能练成柴刀刀法，便苦心孤诣，将每一路加上几个变化，凑成四十八式括苍刀法。招式繁复，看起来倒是颇为可观，不过这种刀法只能用来对付寻常武师，要是与练家子放对，那么胜败之数，难以逆料，一旦遇上真正的高手，就有丧身殒命之祸。柴刀刀法在世上流传已有两百余年，我不能眼看着它与老夫枯骨同朽，致使一套神妙武功在我手中断绝，因此才将它传授于你，这一点儿你须得明了。"

叶枫点头称是，林孤桐仰面向天，心中暗暗说道："还有一样，师妹，你现在猝遇大难，伶仃无依，恐有一些邪魔外道将要不利于你，有枫儿在你身边，我才放心。"

林孤桐这番心事自然不能说给叶枫听，他收敛了心神，继续说道："你要知道，武功之中，越是大路平实的，越是贵重有用。柴刀十二路，每一路都是刚劲非凡，简单平实，但正因为这样，它也是破绽最少的刀法。你想想，如果一路刀法绵密狠辣、绝无破绽，你又如何来破解它？但一旦把它拆开，加上一些虚招和小巧的花招，它就有了破绽，使动之时，往往进退失机，刀法散漫而击不中，就是因为过分拘执于这些虚招和小巧的花招，被对方看到招式中的破绽，就其弱面猛攻，实招就无法施展。只有真正的高手，才知道如何'避实就虚'，因为敌我的虚实，一瞬间即可转换，见实变虚，也可以见虚变实，全然是实则是虚，虚到极处则移实……"

叶枫心无旁骛，凝神静听，不敢有丝毫怠忽。林孤桐所说的既是柴刀刀法的精义所在，也有各种刀法的细致分别，就如同在叶枫眼前开启了一扇大门。叶枫越听越是惊喜逾恒，似乎每一句话都打开了他心中的一个结，宛如久在梦中，霍然而醒一般。每听到精微奥妙处，就禁不住逸兴遄飞，心中畅快无比，几乎就想手舞足蹈一番。

林孤桐把柴刀刀法的精义反复地解释了几遍，直到叶枫牢牢记住，这时已过了两三个时辰。叶枫默念了几遍，又向林孤桐请教柴刀刀法中护身伤敌的诸般精妙变招。

林孤桐说道："柴刀十二路，自然就有十二招，第一招叫只砍中间、第二招跟住不放、第三招乘机抓住、第四招没头没尾、第五招指东打西、第六招撞进怀里、第七招骑了上去……"一招一招说下去，一连说了十二招。

叶枫开始时脸现诧色，到最后忍不住哈哈大笑起来，问道："师叔，为什么要起这么古怪的名字？"

林孤桐正色道："柴刀刀法在世上流传已有两百多年，传说是前朝一位异人所创，他家境贫寒，以打柴为生，是位樵夫。这位樵夫天生神力，又多采食山中灵芝、三七等珍贵药材，时日一久，竟然由外而内，另辟蹊径，不知不觉练成了一身深厚内力。山中多虎狼，樵夫为了活命求生，手持柴刀与之相斗，十余年间，死在他柴刀之下的野兽猛禽不计其数。

"有一天，他登上最高的山峰，看到远处冈峦起伏，苍山如屏，心中若有所悟，当即就在崖上结木为庐，苦思三年，终于以武学中返真归璞的至理，创出了一十二路柴刀刀法。从此芒鞋竹笠，四处行侠仗义，传下了这一套神奇的刀法。这位樵夫大字不识一个，自然想不出'仙鹤梳翎''大鹏展翅'这般文绉绉的东西，但他的传人中却不乏武功文事无所不通者，代师拟了每招一十六字的口诀，以便后来者参详领悟。为了纪念这位樵夫结庐三年，卧月眠霜的事迹，就将招式名称原原本本地传了下来。你看只有寥寥数字，却是本招精义所在，你要好生领悟才是。"

叶枫点头称是，遥想前辈耆宿的风采，禁不住悠然神往。此后，林孤桐便将柴刀刀法各招的口诀一一教给叶枫，时常就以木棍为刀与叶枫拆招，对各招式的精微奥妙之处略加指点。就这样，两人在阴暗潮湿的牢房里心无旁骛，一个教的用心，一个学得专心，不觉已有数日。

这天傍晚，叶枫正在与林孤桐拆招，就听牢房门口传来一阵呼喊声："哪个是新来的死囚徒？"语音未落，呛啷一声，牢门打开，拥进几个牢子，横拖直拉，要将林孤桐带走。

叶枫跳上前去理论，被两个牢子拉到一边，拔出刀来虚言恫吓。叶枫知道这些人平日里就凶横暴戾惯了的，自己现今手中无刀，又是身陷囹圄，不便与他们争执，只好眼睁睁地看着他们将人带走。好在林孤桐武功高强，足以自保，倒还不十分担心。

可过了许久，一无动静，叶枫一个人留在牢内默默地呆望，越等越是心焦难耐，只要听到外面传来脚步声，就扑到门口向外张望，如此过了一天，竟再无半点林孤桐的消息。

好不容易挨到第二天傍晚，进来一个差拨，削腮尖嘴，年纪三四十岁，将叶枫带到衙署大门之外，说道："小子，你的造化到了，王老爷要放了你，你这就走吧！"说罢，将叶枫上下打量了两眼，转身欲行。

叶枫急忙上前一步，问道："我那个同伴呢？你们把他带到哪里去了？"

差拨奇道："你可知道这里是什么地方？一文钱不花还能活着走

出这道门，你的祖宗不知修了几世福。那个老小子得罪了王老爷，现在恐怕早已经做了刀下之鬼了！"

叶枫大怒，一伸手就抓住了那差拨的双手手腕，喝道："放屁！凭你们这些巾皮驴瓜，怎么害得了我师叔！快说！他现在在哪里？"稍一用劲，那差拨的双手就如同是套上了一双铁箍，骨节咯咯作响，脸上豆大的汗珠涔涔而下。

那人倒还硬气，强忍着一声不哼，龇着牙说道："好小子！有种就放马过来！爷爷要是哼一声，就是你十八代灰孙子！"

叶枫佩服他也算是条汉子，放脱了他双手，竖起拇指说了一声："有种！"就想往里硬闯。

那差拨倒在地上，双手一圈，死死抱住了叶枫的双腿。叶枫身子顿时不得自由，心中一慌，弯下腰去想要掰开他的双手。谁知那差拨着地一滚，竟将叶枫也带翻在地，一边扯开嗓子高声喊道："快来人哪！莫要走了反贼！"

第十二章　山洞养伤

叶枫大怒，心中却愈加慌乱，偏生那差拨一边高呼，一边死死地抱住他在地上翻来滚去，叶枫半点也使不上劲，两人纠缠得更加紧了。

呼喊声中，从里屋跑出十来个衙役，将叶枫等两人团团围住，水火棍、铁尺朝着叶枫身上、脸上雨点般地落下来。

叶枫倒在地上，拼了命地用手护住头脸，但只过了一会儿，就渐感不支，眼前一黑，就要昏死过去。

这时只听旁边屋檐之上有人呼啸一声，随之破空声劲急，一条黑黝黝的腰带犹如天外游龙，夭矫而至，将叶枫裹住，提了起来。衙役们没有纵跃之术，只好眼睁睁地看着叶枫被人救走，再也追赶不上。

叶枫睁开眼睛的时候，只觉得周身四肢百骸，无处不痛，好在都是些皮外伤，并未伤到筋骨。置身之处似乎是个小小的山洞，洞中无日月，不知是白天还是晚上，只有中间空地上一点儿火光灿然。

叶枫深吸了几口气，感觉有了些许气力，撑起半边身子，向光亮处望去。谁知亮光一下子照进眼帘，叶枫顿觉一阵头晕目眩，急忙闭上眼睛，过了好一会儿，才慢慢睁开。只见自己果然是在一个小山洞之中，中间空地上燃着一个火堆，火光照在四周的岩壁上影影绰绰。火堆旁端坐着一人，听到身后传来动静，便转过身来。

"师叔！"叶枫见此人竟然就是林孤桐，高兴地叫出声来，挣扎着就想起身参拜。林孤桐赶上两步，示意叶枫躺好勿动。叶枫也觉得全身酸痛，半点力气也使不出来，只得重新躺倒。躺下之时后脑似乎硌到一件物事，抽出一看，是一个镂嵌精工的紫檀木板，似乎就是被林孤桐抢去的《木纹经》！

叶枫奇道："师叔，你这是……"

林孤桐道："你伤虽重，但好在只是伤了皮肉，将养几天就可痊愈。洞中存的米粮足够用半月，你就在此养伤，旁人决计无法寻来。你手中这个自然就是《木纹经》，你伤愈之后，就将它带回交还你师娘，不过……"

林孤桐走回火堆前，望着火苗闪闪欲熄，过了好半晌，才说道："……这《木纹经》……看来深奥得很，难怪这么多年来也没几个人能练成，尤其不适合女子修炼，我得好好想想，好好想想……"

叶枫道："师娘从来不练《玄修功》，不，是《木纹经》，我派上下，只师父一人时常在练。"

林孤桐噢了一声，似乎有些不信道："她不练？《木纹经》上所载的内功法门，非任何习武之人所能抗拒，不见则已，只要见到，必定会迫不及待即刻开始习练。她居然能够视而不见，当真令人难以索解。"

叶枫问道："师叔，这《木纹经》，究竟是怎么回事？"

林孤桐往火堆中丢了两根木柴，说道："江湖上传说，这《木纹经》乃是古时一位高僧大德所撰，因为全经一千二百二十一个字，全都镌刻在一块紫檀木板上，因此最初叫作《木纹经》。师父将它传给师兄后，师兄便将它改名为玄修功，此事极为隐秘，二十年来，江湖中竟无人知晓玄修功就是《木纹经》。据说此经倘若修炼得当，可移筋换髓、功力大增，但传说如此，却极少有人能够练成。江湖中人对此更是议论纷纷，莫衷一是，都以为是修习之人太过脓包的缘故。嘿嘿，就连老夫当年也概莫能外，一心想拿到《木纹经》，练成天下无双的内功。可几次摸上括苍山，都被你师父避开，再加上那几天师妹总是与他形影不离，我处处投鼠忌器，这十多年来一直不得其便，直到几天前，才终于落入我的手中……"

叶枫想起当日林孤桐点了自己的穴道，从他身上搜出《木纹经》，心中有些怫然不悦，林孤桐看不到叶枫的心思，继续说道："枫儿，你我虽无师徒之名，却有师徒之情，你回括苍山之后，每日早、午、晚都要勤练刀法，时时谨记'避虚就实、蓄而后发'乃是这套刀法的根本，你能这样，我也就放心了。"

叶枫听师叔言语中有告别之意，心中极为不舍，早将刚才那点儿小小的不快忘得干干净净，眼中几乎就要滴下泪来。但心知林孤桐是世外高人，行踪向来飘忽不定，无奈之下只得恭恭敬敬地给他磕了三个响头，林孤桐长笑一声，说了两句"很好！很好！"便飘然而去，不知所踪。

山洞深处放着一些干粮、熟肉、鱼干、清水等，足够十余天之用。叶枫身子壮健，将养了几日，各处伤势都大为好转。

长日无聊，一天之中大部分时间，叶枫都在练习柴刀刀法。多练一天，对刀法的领悟越深，就越是觉得这套刀法精微奥妙、渊深难测。他虽不敢把《木纹经》拿出来看，但练功烦躁之时，偶尔也把手伸进怀里摸一摸上面镂着的铭跋字迹。时间一久，有一端的文字被他摸得熟了，知道是"下冲谷道，上托玉楼，或立或坐，吸气于喉"这几个字。

这一日，叶枫练完一遍柴刀刀法，又不知不觉地伸手摸了摸藏在身上的《木纹经》。当摸到早已记熟了的那十几个字时，觉得这些文字甚是明了，刚想了几想，就觉得有一股灼热光明的暖流，自头顶百会穴及双掌掌心进入手臂诸脉，顺着身体内的阳维、阳跷两脉，在肩井、风府、阳交诸穴中快速地游走不息，最后下及肩、胸、腹、足入地。

叶枫觉得好玩，干脆盘膝坐地，默念经文，任由那股热流在两脉之间上下行走，过不多时，就感觉身上热麻麻的甚是舒服。

又过了一会儿，叶枫忽觉申脉穴上一阵刺痛，似乎有什么东西鼓胀了出来，用手一摸，皮肤一如平常，什么也没有。但这刺痛倒像是会传染的一般，随后全身四肢各穴都痛了起来，身体像陡然间胀大了好几倍，变成了一个大大的气团，那股暖流也郁结在胸口，化散不开。

叶枫大惊，不敢再想任何经文，脑海中空空如也，不管身体内有任何异动，只当自己是死去一般。没想到这一招倒也颇为灵验，不知过了多久，身体才渐渐地恢复了正常，但已然是大汗淋漓，几近虚脱，连一点儿力气都使不出来了。

自此以后，叶枫不仅不看，还将《木纹经》压在一块大石板下面，连摸也不敢再摸的了。偶然想起，也只好苦笑着对自己说道："师叔说《木纹经》上所载的内功法门，非任何习武之人所能抗拒，现下《木纹经》就在眼前，我倒是抗拒得了。"

但日里不看，夜里却能常常梦见。这天黄昏，叶枫又从梦中惊醒，忽然想："师父从前常说修炼内功之法是'进入泥丸，降至气穴，臆想沉至底方佳'。可这《木纹经》所写为何全不一样，气既聚于丹田，'下冲谷道'又如何冲得出？除非练功之人内力浑厚之极，可内功既已如此深厚，又练这《木纹经》做什么？"

叶枫思前想后，仍是不得其解，忽然从洞外传来一阵脚步声，他好奇心起，悄悄来到洞口向下张望。这几天，每当叶枫心烦意乱之时，也会来到洞外散心，因此知道这个山洞位于山腰处，洞口翠藤蒙络，十分隐蔽。

叶枫小心翼翼地探出半个脑袋，从藤蔓的缝隙中望出去，只见下面的山道上一前一后走来三个人。叶枫心中一乐，暗道："真巧，遇见熟人了！"

第十三章　天朔禅师

这三个人正是几天前括苍山上的绿衣女子卫心如，和她的两个手下端木笔、端木砚，他们正一边轻声交谈，一边沿着山道，向北行去。山风吹来一些他们说话的只字片语，叶枫竖起耳朵，只隐约听到“……要紧……和尚……”断断续续的几个字。

“要紧和尚？这是什么意思？”叶枫想了半天，仍是不明白其中的意思，那三人走得好快，转眼间，就已不见了他们的踪影。叶枫无聊地打了个呵欠，正想回去，忽觉远处的丛林中，似有一点儿亮光闪烁。叶枫微感奇怪，趴下身来，凝神向着山道的那一头望去。

过了好一会儿，又走来十来个人，俱身穿衲裰，足登多耳麻鞋，头顶光光，是一群和尚。他们有的拿着戒刀、棍棒，有的两手空空，若即若离中，追踪着卫心如等三人的踪迹。叶枫方才看到的亮光，多半就是他们手中的戒刀反射太阳光的缘故。

待他们走远了之后，叶枫匆匆回到洞中，弄熄了火堆，从大石板底下取出《木纹经》贴身藏好，再想找一件武器防身，谁知找来找去什么都没有，只得罢了。

再次来到洞口，叶枫拨开藤蔓，正想纵身下跃，远处静寂的丛林中忽然一阵鸦飞雀乱，一大群各色鸟儿腾空而起，又四散飞去。叶枫心念一动，重新蹲了下来，藏身在藤蔓之后。

果然，过不多时，山道上又有三人迤逦行来，左手边那个高大的身影是梅花拳掌门上官鹏，另外两人自然便是花赛李和马青龙，两人一边走，口中兀自争论不休。

叶枫唯恐被他们发现，把头低了低，只露出一只耳朵仔细倾听他们的交谈。三人说话声音甚是响亮，这回叶枫倒是听了个清清楚楚。

只听花赛李责怪道："我们正要勾当大事，马帮主何苦去招惹那些鸟儿？"

马青龙说道："花师兄也忒地小心了，那几个年轻后生，终究不是我们的对手，花师兄不会小输了一阵，就把胆子给吓破了吧！"

花赛李哼了一声，正要反唇相讥，上官鹏连忙说道："常言道，小心天下去得，莽撞寸步难行。魔教贼子，惯会用一些鬼蜮伎俩，倒也不可不防。"两人这才不再言语，一同跟了下去。

叶枫这几天在洞中不是练武就是躺着发呆，气闷得很，眼看着有一场大热闹可瞧，又怎肯错过？他又等了好一会儿，直到再无人过来了，这才钻出山洞，顺着山坡轻轻溜下地来。

当双脚终于踏上土地的时候，叶枫闻到四处氤氲的花香和泥土气息，顿觉精神一振，随即辨明了方向，远远地跟在他们身后。

谁知跟了半天，转过几个弯，刚开始还有树木夹路作碧巷，到得后来，前方就只有一处处丛莽密菁、荆棘杂出，叶枫跟得太远，早已寻不见前人的踪迹。眼看天光慢慢暗沉下去，空山寂寂，四周只有黑压压的树木丛杂，夜风劲急，时有不知名的鸟兽鸣叫，凄厉如泣。叶枫整颗心似乎都悬了起来，不管有路没路，只顾四处乱窜，这样转过几个圈子，就连原先的道路都寻不着了。

正当叶枫慌张失智、无可奈何之时，忽然从西北方传来"啊——"的一声，似乎是人在临死前的号呼之声，在夜色莽苍中听来愈发的突兀骇惧。叶枫被这突如其来的一声吓出了一身冷汗，慌乱之中也分不清是男是女，急忙朝着发出尖叫声的方位奔去。

急奔了小半个时辰，叶枫的小腿、手臂等处被枝柯交横的荆棘划出无数的血道子，竟也浑然不觉。直到看见前面林树参差间露出数点火光，隐约还听到人的说话声，这才放慢了脚步，极轻极轻地掩了上去，将身藏在一棵大杉树后面，只露出一只眼睛，小心翼翼地向内望去。

只见眼前好大一片空地，十余人背向自己站立，其中数人高举着松脂火把，将空地照得亮如白昼。圈子的中心，一个老和尚半跪在地上，一手撑地，一手抚胸，指缝间不时有鲜血汩汩流出，染红了半件僧衣，口中嘘气如牛，一呼一吸之间，身子也随着剧烈地上下起伏，显然是受了极重的伤。

在他周围，横七竖八躺着许多人，有僧人也有身穿黑衣的俗家人，俱一动不动，身上都有或深或浅的伤口，看来都已死去。

周围十余人都穿着黑色长衣，头戴洪油斗笠，黑布蒙面，看不出本来面目，其中一人用剑指着那老和尚，说道："天朔老秃，今日你死在我明教的手中，可曾心服么？"

叶枫听说这个老和尚居然便是在武林中位望甚尊的天朔禅师，悚然一惊，心想："天朔禅师是我们括苍派邀请的客人，怎么会落在魔教的手中，无论如何，我都要想办法救他一救。"虽有此心，但摸摸腰间空空如也，没有携带任何兵刃，这十余个黑衣人看来又绝非易与之辈，到底该当如何救人，一时间倒也彷徨无计。

正犹豫间，只听天朔禅师说道："魔教？咳咳……诸位的行径，比起魔教，却又卑鄙得多了！"

那执剑的黑衣人闻言一怔，与同伴对视了一眼，说道："我们明教行事，向来干净利落，从不留活口！但念在你一大把年纪，我们教主又常说上天有好生之德，今天就算留你一条性命，又有何妨？"

天朔禅师手抚胸口，自顾自地闭目调息，对他的话宛若不闻。

黑衣人继续说道："这里距福建，足有千里之遥，要我们放你不难，只要你在回去的路上，逢人便说是明教杀了你手下的弟子，并将你打成重伤。你若是觉得不好意思，大可将我们的人数说多十倍，也是不妨的，哈哈哈！"

天朔禅师嘿嘿冷笑，摇摇晃晃地站起身来，高大的身影投射在地上，风貌凛凛可畏。只听他说道："老衲在福建之时，就听人说起魔教之人行踪诡秘，多造杀孽之事，但比起诸位，只怕还光明正大些。咳咳，别说他们并无过犯，就算是十恶不赦之徒，老衲又岂能以一句不实之言加诸其身！师兄常说，一心向善就是佛，为非作歹即成魔，魔教正教，原就难分得紧。老衲话尽于此，各位就请动手吧！"

那持剑的黑衣人并不立时动手，往旁边看了看。站在他右手边的黑衣人，抱手而立，似乎是他们这一行人的首领，身形端凝不动，只微微点了点头。

持剑黑衣人得他授意，怒斥一声："贼和尚，是你自寻死路，休怪我手下无情！"跨上一步，一剑在天朔的胸腹间直刺而入。这一剑来得快极，天朔身受重伤，几乎站立不稳，根本无力闪避，只得眼睁睁地看着剑锋在自己的身体中没入，鲜血从伤处流了出来，顺着剑锋流淌到地上，染红了自己脚下的一片土地。

黑衣人正待拔出剑来，只见天朔大喝一声，奋起余勇，双拳挥出，啪的一声，击在黑衣人的两边太阳穴上。

这两拳，刚猛厚重，黑衣人登时脑骨粉碎，哼都没哼一声，便即毙命。天朔虽力毙敌人于掌底，但也因此耗尽了最后一丝力气，长叹一声，慢慢瘫倒在地上。

这时，从林外匆匆跑来一个黑衣人，径直来到首领身前，在他耳边轻声说道："他们来了！"黑衣人首领嗯了一声，挥了挥左臂，率先离开。其他人将死去的同伴背的背、抬的抬，不到一会儿，就走得一干二净，偌大的空地上只剩下天朔和他的几个弟子。

黑衣人刚一离开，叶枫就从树后跃了出来，快步来到天朔身前，扶起他的上身，轻声呼唤道："天朔禅师！天朔禅师！"

第十四章　不白之冤

天朔被利剑当胸穿过，受伤极重，但凭着体内一股忠纯之气，竟还未死，迷迷糊糊地听到有人在呼喊他的名字，嗯的一声，半睁开眼睛，看到一个陌生男子的脸，轻声问道："你……你是谁？"

叶枫见到天朔居然未死，心情激荡不已，热泪滚滚而下，哽咽答道："大师，我是括苍派弟子叶枫。"

谁知天朔一听"括苍派"三字竟然脸色大变，张目哆口，指着叶枫，惊道："你……你……"说了两个"你"字，便即溘然长逝。

叶枫见一代大侠竟被自己吓死，心下难受至极，轻轻将他放倒在地上。这时身后传来杂沓的脚步声，叶枫不知来人是友是敌，此时已来不及回到原来藏身之地。匆忙间一抬头，只见天朔身后是一块巨大的岩石，石上寸草不生、光洁如镜。这时已来不及思索，急忙一猫腰，躲在了大石之后。

刚藏好，就听见一个女子"啊"的一声，说道："这是怎么回事？天朔大师！唉，我们还是来迟了。"话声中满是悲凉萧索之意。

一听这话，叶枫脑海中顿时浮现出一个倩影婷婷的少女模样，心中想道："怎么是她？"

说话之人正是卫心如，她在空地上走了一圈，最后停在了天朔身前，正想拔去他胸口的长剑，树林中忽地走出十多个和尚来，他们看到空地上的惨状，无不大惊失色，将卫心如等三人围了起来，一言不发，但双目中冒着怒火，显然是将他们当作了杀人凶手。

端木笔、端木砚两兄弟齐齐地挡在卫心如身前，端木砚说道："法师们不要误会，我们只有三人，怎么可能将天朔禅师和这许多位大和尚一鼓聚歼？"

和尚中有几人嗯了一声，似是对他的话颇为受用，其中一个叫作无策的和尚说道："这话倒也不错，我们泉州少林禅院的金刚掌力威猛无俦，乃是天下掌法第一，就凭你们三个……"

说到这里时，他并不接着往下说，只用眼光上下打量着三人，意思是："就凭你们三个，哼哼，还差得远呢！"

端木砚赔着笑道："是，是，我们自然是打不过的。"

身后的卫心如说道："天生方丈和天朔大师的掌法自然是极高明的，但也未必就是天下第一……"

无策哼了一声，眉头重新拧在了一起，卫心如装作没看见，继续说道："尤其是天朔大师，不仅武功极高，更为难得的是他精擅佛法，为人又谦冲恬退，素来为我们所钦仰敬服。倘若在路上遇见他老人家，只能恭请大师开示，哪敢以一指加于其身？大师不幸为歹人所害，我心中也极为难过，愿大师早日摆脱三界六道之轮回，早登西方极乐世界，阿弥陀佛……"

和尚们见她说得真诚，心下又信了三分，一齐口宣佛号，只有无策仍不信道："你说不是，便不是了吗？有什么证据没有？"

卫心如说道："这位师父倘若仍不信小妹的话，就请细细查看天朔大师胸口所中的这把剑，他老人家双手簸张，手掌之中鲜血点点，应该是在临死之前奋起一击，与敌人同归于尽之故。"

和尚们都点头称是，无策也道："不错！不错！这是一招'双龙出海'，向来便是天朔师叔的绝技之一。"

卫心如说道："你们再看我们三人，身上并未佩剑，又好端端的没有受伤。武林之中，有谁能够与天朔大师正面交锋，重创大师，而又能毫发无损的？"

这回居然连无策也连连点头，说道："这话倒也不错，果然不是你们干的，小僧失礼了。"说着，挥手叫其他僧人让开道路，卫心如等三人一齐拱手致意，正要离开，树林中又走出三人，其中一人边走边说道："法师们可知道他们都是什么人？"

叶枫在大石后听得分明，心想："这是双绝门的花师兄，还有两个不消说，一定是上官掌门和马帮主了，难道他们知道这女子的来历？"想到前面又来了三个高手，更加不敢稍有异动，连呼吸都放得极轻极缓，只竖起了耳朵，生怕漏掉了一个字。

就听端木砚说道："花师兄这般阴魂不散，是又想请我们喝茶吗？"

花赛李恨道："臭小子，死到临头了，你还这般刁滑！"

跟在他身后的马青龙道："你们这些狗盗鼠窃之辈，怎么不敢以真面目示人？似这般藏头露尾的，又有什么用处？"

端木砚默然不语，并不理睬他，那边端木笔忍耐不住，朗声说道："不错，大丈夫行不更名、坐不改姓，我们乃是明教教主座下，福州总坛光明殿左右护法端木笔、端木砚便是！"

此言一出，大家俱悚然一惊，人人栗栗危惧，连藏在大石后面的叶枫听见了，都不由得皱起了眉头，从心底涌出一股厌恶之感。

无策和尚咬牙道："魔教妖人，多行不义，如今又添上我天朔师叔一笔血债！嘿嘿，和尚今天就要大开杀戒，降妖除魔！"语音未落，人已冲上前去，与卫心如等三人乒乒乓乓地打在一处。

很快，十余人分为了两拨：端木砚挥动八卦风火轮，与马青龙的一条软鞭捉对厮杀，两人鞭来轮往，以快打快，瞬息之间，已拆了不知若干招。那边卫心如与端木笔原本也是分开拒敌，卫心如武功稍弱，眼看抵敌不过花赛李，左支右绌，节节败退。她身边的端木笔片刻都不曾离开，见形势不妙，立即将花赛李的攻势接了过来，变成端木笔、卫心如两人合斗花赛李、上官鹏、无策的局面。

端木兄弟遭逢强敌，这时才把全部功夫都施展出来。只见他们挥动轮钺，夭矫飞舞，身体和手中的兵刃似乎已经合为一体，犹如狂风暴雨般急刺疾舞。

卫心如手中拿着一对峨嵋刺，在端木笔和端木砚两道光轮中东劈西转，灵动翻飞，精钢所制的峨嵋刺不时与其他兵器相碰，处处都有点点银光闪烁，铮铮有声。

卫心如身轻似叶，灵便之极，但就功力而论，却远不及端木兄弟的刚猛迅捷。花赛李虽然与上官鹏、无策联手，周围又有众多少林武僧助阵，但人多势众互相之间略有掣肘之处，自身的功力反而连一半都发挥不出来，因此虽然人数上多了两个略占优势，倒是他们这一边率先感到不支。

端木笔手中的兵刃是一对子午鸳鸯钺，如日月相叠，鹿角立竖，共有四尖八刃，最会锁拿对手的长短兵器。上官鹏空着双手，以一双肉掌对敌，但花赛李和无策手中的刀剑，却始终不敢和他的鸳鸯钺相碰。偶然碰在一起，也是急忙收回变招，生怕失了趁手的兵刃，落了下风。端木笔在武器上占了便宜，交手逾二十招后，就已经对他们三人的武功家数了然于胸，心里渐渐地有了成算。

转战数个回合，堪堪斗到三四十招，花赛李手中长剑斜晃反挑，斜斜地朝着端木笔右肩削去。这一招"怪蟒翻身"，花赛李今夜是第二次使出，端木笔心中雪亮，急挥左手钺猛地朝长剑剑尖砸去，待花赛李将长剑拉下来之时，右手钺从右胯蓦地穿出，先发先至，手腕轻巧地一翻，钺上的鹿角早已将长剑紧紧扣住。

花赛李登时便给吓得魂胆俱消，他在这口长剑上下了二十余载寒暑之功，不知吃了多少苦，一旦失去，不啻是削去他的一只臂膀。转瞬之间，花赛李心中转过无数个念头，总算他见机行事转换得快，一咬牙，甘冒着亲手毁去宝剑的危险，急速转动手腕，想以精钢所制的宝剑，去削断端木笔钺上的鹿角。只听嘎嘎两声，两件兵器都是缠钢折铁的利器，竟然打成个平手，谁也损伤不了谁。

无策见状，急忙提刀来救。端木笔左手钺本是虚招，此时见虚移实，在半空中平拍下来，将无策的戒刀，连同花赛李的长剑，紧扣在一起，往后一拉。端木笔这一拉用上了内力，力量极大，花赛李与无策又都舍不得放开手中刀剑，全都立足不稳，被拉得东倒西歪。

那边上官鹏虽然有心前来相救，但自己被卫心如一对峨嵋刺死死地缠住了，半点也脱不开身。再加上他一想到自己在明州家大业大，实不欲与魔教结下太深的梁子，因此也并未用尽全力，只与卫心如斗了个不胜不败之局。

无策见无法取胜，首先放脱了手，花赛李长叹一声，面如死灰，无奈之下，只好放开手中长剑。端木笔与卫心如同时后跃，离开众人约有一丈开外。

这时端木砚也已结束了战斗，提着八卦风火轮，轮上还挂着一条软鞭，快步来到卫心如身边。马青龙跟在后面，两手空空，面色铁青，看来他与端木砚第二番交手，又是他输了。

花赛李所用宝剑叫作芙蓉剑，乃是花家祖传，原是一雄一雌，雄剑在多年前就已遗失，现在他所佩的，是那把雌剑。如今连雌剑也被端木笔夺去，花赛李心痛不已，无奈之下只得厚了脸皮，拱手道："两位武功极高，江湖中难觅敌手，花某甘拜下风。但那宝剑是我家传之物，万不可遗失了，就请……赐还在下！"

卫心如笑道："要是我不还呢？"

花赛李怔了一怔，咬咬牙，说道："那你们自携去无妨！只是千万不可再教折损了！"

卫心如笑了笑，低声吩咐一句，端木兄弟即解下刀剑软鞭，抛在地上，端木砚加上一句："就算是宝物，但持之不当，又有何用！"花赛李面红耳赤，暗恨不已。

卫心如等见已经打发了敌人，多说也是无用，转身就要离开。三人脚程好快，眼看就要进入树林，这时忽从树后闪出一人，挡在三人面前，躬身道："三位这就留步吧！"

第十五章　佛门高僧

　　夜色苍茫中，端木兄弟看不清来人，不约而同将轮钺交到左手，各出右掌，呼地向着来人拍去，想将那人逼退就是。

　　谁知那人并不闪开，也是双掌齐出，与端木兄弟对了一掌。端木兄弟不欲伤人，是以没用上武器，但两人都是内功精纯之人，这两掌，如雷霆疾发，威势也是十足惊人。但那人若无其事便接了下来，连衣角都没有飘动半分，就像在三人间陡然多了一道密不透风的墙。

　　端木兄弟心意相通，同时把劲力一点点地加上去，一分、两分……可不管他们如何催动内力，都无法把这一道厚墙往前推动哪怕一寸。不仅如此，对方的内力汩汩然、沛沛然，似乎永无止息，自己的内力送过去，就仿佛激流入了大海，顿时消失得无影无踪。端木兄弟心中悚甚，此时再想用上兵刃，已然势所不能，就是想收手罢斗，也是半点由不得自己。

　　只过了片刻，端木兄弟的内力已然消耗殆尽，那人看准时机，掌力微吐，收了内力。三人手掌一分开，端木笔等二人便即大汗淋漓，瘫倒在地，周身上下，再无半分气力。看来非得打坐三天三夜，才能让功力尽复旧观。

　　卫心如见两人都已落败，拔出峨嵋刺，飞身上前，分心便刺。端木笔和端木砚见状大惊，齐呼："你不是他的对手！"但只张了张嘴，发不出半点声音，其实就算叫了出来，也已然来不及。

只见那人袍袖一挥，卫心如"哎哟"一声，跌落在地，动弹不得，已经被拂中了穴道。三个人倒在地上，六道目光齐刷刷地向着打倒他们的那人看去。

满地树影中走出一个清癯老僧，其瘦如枯腊，双颊深陷，形同枯木，偶尔才流露出眼缝中的神光湛湛。只见他径直走到上官鹏面前，合十行礼道："阿弥陀佛！上官掌门越发清健了，老衲心中实在喜不自胜。这两位面生得很，请恕老衲眼拙，不知上下如何称呼！"

上官鹏还礼道："原来是天生大师佛驾光临，今日真是幸会至极！"说着将花赛李、马青龙略略介绍了一下。花马二人得知眼前这个其貌不扬的老和尚竟然是泉州少林禅院"双绝"之首天生禅师，又是惊讶又是欢喜，忙不迭地还礼。二人心中都在想："天朔禅师仪表伟岸，凛若天神，没想到他师兄竟然是一个瘦不盈指的枯槁老僧，武功却又是这般的渊深难测，可见人不可貌相这句话是一点儿也不错的。"

介绍毕，上官鹏说道："大师，老朽无用，来迟了一步，天朔大师他……已被魔教妖人给害死了！"

卫心如倒在地上，身子不能移动，但他们说的话句句都听在耳里，连忙反驳道："大师不要上了恶人的当！天朔禅师身受剑伤而死，死前更与刺死他的那人同归于尽。而我们一没佩剑，二是身上无伤，怎么会是杀害禅师的凶手？"

马青龙在旁冷笑道："嘿嘿，就不许你们有帮手的么？"

卫心如说道："你不过是因为一点点私人恩怨，就要置我于死地，如此歹毒，枉你们还自称是名门正派！"

马青龙冷笑道："魔教妖人，人人得而诛之！"

天生目光如炬，将空地上的情形环视一周，便知卫心如说得不错，立时面有愧色地道："阿弥陀佛！小姑娘说得在理，老和尚心伤师弟之死，又亟盼留住三位大驾问个明白，是以出手颇重，这样看来，倒是老和尚的不是了。我这就给你们解穴，三位幸勿见责，这就去吧！"

天生说着就要上前给卫心如解穴，马青龙走上两步，拦住他道："大师，您难道忘了天朔禅师是怎么死的吗？"

天生闻言一震，半晌才缓缓说道："离此尘世，一了百了。冤冤相报，无有已时。"说罢仍是袍袖一挥，卫心如"哎哟"一声，跳了起来，又重新跌落在地上。

天生大师一拂之下，卫心如双腿的穴道虽已解开，但佛门正宗的点穴手法毕竟非同小可，仍需好一会儿，才能行动如常。

天生与上官鹏等三人行礼作别，众弟子将天朔和一干遇害弟子的遗体抬的抬、背的背，随同天生一同离开。刚走开几步，天生忽然停下脚步，接着"哇"的一声，吐出一口鲜血。众人大惊，关切之情见诸颜色。

天生这些年精研佛门内功，本已一身无碍，万事不萦于怀，但心伤天朔师弟之死，在外人面前还能强自隐忍，一旦离开众人目光所及，就再也忍耐不住，心情激荡之下，内息如沸，呕了一口鲜血出来，倒不是与端木兄弟比拼内力的缘故。

无策一向对师父敬若天神，这时见天生呕血，忍不住问道："师父，你……"

天生摆了摆手，示意无碍，对无策说道："那三位施主现在还不能行走，你留在这里，待他们离开了，你再来找我。"

无策忿忿不平地道："师父，他们害死了师叔，又累你受伤呕血，我恨不能吃他们的肉，喝他们的血，怎么还能……"

天生闻言蹙起了眉头，神色有些不悦，说道："无策，你这样说，还算是佛门弟子么？"

无策一惊，方知自己说错了话，急忙合掌说道："弟子迷心不悟，根行浅薄，请师父责罚。"天生叹了口气，转身走开，两个弟子一左一右搀着他瘦小的身子，渺然而去。

无策留在原地，伸长了脖颈呆望着师父离去的方向，耳中听着他们踽踽而行的脚步声，脸上满是既担心又不舍的神情。

花赛李悄悄走到他身边，问道："无策师父，敢问天生大师平日里待你怎样？"

无策一怔，正色道："花师兄这是说什么话来？师父待我们，恩义如天，我们做弟子的，无一日敢忘。"

花赛李点点头，像是在自言自语般说道："上人说得不错，如果为臣不能忠于君，为子不能孝其亲，何以立于人世？天生大师真是可怜，新丧了师弟，又伤重呕血，连平时最钟爱的弟子也不能在身边伺候……"

无策听到这番话，眼泪几乎就要滚落下来，说道："可是……可是，师父吩咐……"

马青龙走上前，说道："上人但去无妨，你只管放心，有我三人在此，只教他们不被野兽所伤就是。"

无策尚在犹豫不决，目光在花赛李和马青龙脸上扫过，最后停在上官鹏脸上。上官鹏听了两人的话，捋须微笑道："如此甚好，如此甚好！"

无策早已是心急如焚，恨不能立时飞回师父身边，此时见上官鹏也已点头答应，这才将一颗心放回肚中，与三人合十告别后，匆匆离去。

卫心如和端木兄弟趁他们说话之际，潜运内力，帮助自身恢复体力。但天生大师的玄门功夫岂同小可，他们费了半天劲，也不过恢复了十之一二。无策一被支开，卫心如等心知不妙，不等功力复元，端木兄弟就拉了卫心如跟跄而逃。

刚逃开两步，花马二人从后面赶上来，交手刚一两个回合，卫心如等体力未复，全无还手之力，重又被打翻在地。端木笔倒在地上，拼了命地想要挡在卫心如身前，被马青龙一脚踢到一边，花赛李举起长剑，指向卫心如的咽喉要害。

卫心如感觉到冰冷的剑尖抵在自己皮肤之上，随时都能要了自己的小命，心中悚惧已极，哆哆嗦嗦地道："方才你们分明说过，绝不伤害我们的。"

花赛李和马青龙一齐仰头哈哈大笑，马青龙道："我是说过绝不让你们被野兽所伤，等你们死了，我用一把火烧得干干净净，自然就不会有野兽来伤害你们了。哈哈哈……"

端木砚咬牙道："卑鄙！无耻！"

马青龙啐了一口，说道："我们卑鄙无耻了又怎样？你们一死，武林中人人都会拍手称快，说一声死有余辜，又有谁来管我们卑鄙无耻了？"端木砚全身无力，竟没能避开，一口浓痰正中他的眉心，闻之欲呕。

花赛李说道："马帮主不要与他们多说，哼，这三人，几次三番地羞辱于我，这次天教他们落入我们手里，定要他们不得好死！"

他眼珠转了几转，将剑尖移到卫心如脸颊之上，说道："小姑娘，你定是觉得自己挺美的是吧！我这就在你脸上划上十七八道，看你还美不美！你倒是猜猜，是你的脸皮硬？还是我的宝剑硬？哈哈哈，哈哈哈！"说罢，得意的大笑，长剑也随着上下颤动不已。

卫心如花容失色，使劲地把脑袋向后贴紧地面，但仍是觉得剑尖一寸一寸地逼近。眼看剑尖闪着寒光，马上就要刺破自己脸上的肌肤，终于忍不住放声大哭起来，边哭边喊道："谁来救我！"

第十六章　挺身而出

　　话音未落，近处的端木笔身子蓦地飞腾，呼的一声，向着花赛李飞扑而来。花赛李听到脑后风声飒然，身子一转，微举长剑，直指端木笔的胸口。

　　端木笔力气未复，但护主心切，仍是罄尽全力，做最后一击，因此哪里管他剑尖指向哪里，仍是揉身扑上，只图个同归于尽的局面。

　　花赛李见端木笔不闪不避，毫不畏惧开膛破肚之祸，心念一动，将剑锋一偏，"扑"的一声，端木笔的右手手臂飞上半空，断口处鲜血飞溅，仿佛空中下起了一阵血雨，加上夕雾重天寒，越发显得可怖。

　　端木笔失了一条手臂，受伤极重，扑通一声，跌落在地，只滚了几滚，就再无声息了。卫心如哭声未息，又惊叫起来，用手掩住了脸，不敢再看。

　　端木砚今夜连遭敌人羞辱，本已有些惶惑失措，又亲眼看着兄长惨遭荼毒，离死不远，刹那间就好似天坍地塌一般，神志昏愦，魂胆俱消。可巧的是，端木笔那只断臂在半空中转了几转，直坠下来，正好落在端木砚怀里。端木砚被溅了一脸的血，登时圆睁双目，如见鬼魅，慌忙将断臂推开，转身就跑，身后留下一串磔磔怪叫，既像哭又像笑，绵延里余，凄心动魄，终于渺不可闻。

　　上官鹏见状摇头叹息，马青龙和花赛李哈哈大笑，笑毕，花赛李转过身来，对着卫心如阴恻恻地说道："小贼，今日得报括苍山之恨！"说罢，长剑颤动，向着卫心如的面目划将下去……

叶枫躲在巨石之后，不敢稍有异动，连呼吸声都压得极低极低，只盼望前面的人快快离去。但天不遂人愿，几拨人越打越热闹，一点儿也没有离开的意思，连天生大师这样难得一见的武林耆宿都已现身。

叶枫好奇心起，极想探出头去看看天生大师究竟是怎生一副模样，但思索再三，终于还是强自忍住。待天生大师离开，花赛李要将卫心如的脸蛋划破，他的眼前立时现出一张娇丽无俦的俏脸，心中暗道："这样一个好姑娘，可惜入了魔教！"

一想到"魔教"二字，方才天朔禅师说的一番话便汩汩流过心头："……一心向善就是佛，为非作歹即成魔，魔教正教，原就难分得紧……"

不知怎的，叶枫发现自己竟然已经站在巨石前面，不仅走了出来，还打了一躬，对着眼前三人说道："上官掌门、马帮主、花师兄，别来无恙，括苍派弟子叶枫拜见三位前辈。"

上官鹏等人自然是吃惊非小，花赛李急忙收回了长剑，心想："不知道还有没有其他人？要是被他们看见我如此对待一个小姑娘，那可就糟糕之极了！"

想到这里，花赛李环顾左右，当真觉得四周叶密枝繁处，影影绰绰，似乎到处都是括苍派的弟子，连他们走动时衣裳的淬缲之声，都听得一清二楚。其实那些都是山风吹过树林时的应有之相，花赛李疑心生暗鬼，心中先有了三分相信，便越看越像是真的，忍不住问叶枫道："你们是一起来的？还是只有你一个？"

叶枫随口应道："这里只我一人。"花赛李鉴貌辨色，又细查四周，知道除他以外果真再无旁人，不禁大喜，和马青龙交换了一下眼神。

二人此时都已起了灭口之心，一人在左一人在右，将叶枫夹在了中间，马青龙问道："小子，你在这里做什么？"

叶枫说道："前辈，你们已经杀了一人，不管有什么恨，也应该消了吧，又何必对着一个小姑娘下毒手？方才天朔大师也说：一心向善就是佛，为非作歹即成魔，魔教正教……"

话未说完，马青龙就哈哈大笑起来，指着叶枫说道："原来臭小子看上小姑娘，想要她做老婆了！"说罢，和花赛李放肆地大笑起来，笑声中满是奸邪淫荡之意。

卫心如一听这话，羞得粉颊晕红，浑然忘了自己现在身处险境，叶枫慌得连连摆手道："哪有此事，哪有此事！"

上官鹏突然插话道："叶世侄，你也是名门子弟，可知道红颜祸水，越是漂亮的女子越是碰不得的。"

上官鹏为人慷慨豪迈，在明州、越州一带极有权势。但世间原没有十全十美之事，上官鹏诸事顺遂，唯一不足就是家里人丁不旺，原配夫人模样极美，但却是远近闻名的悍妇，且多年来未有所出。

因为这个缘故，上官鹏便费尽心思，在外面偷偷摸摸地娶了一房小姜，终于诞下一个公子，年方四岁，全家爱若珍宝。但上官鹏也因此受尽了夫人的奚落虐待，如此已有数年。有此遭际，上官鹏从此视女子为虎狼，这几句话说得发自肺腑，极为诚恳。

上官鹏正待再说，马青龙不耐烦地道："这小子已被魔教妖女迷住，失了本性，不再是我正教弟子，奸夫淫妇，还有什么好说！不如就此除去，免生祸患！"

说罢，竟不顾上官鹏劝阻，挥拳向着叶枫打去。叶枫手上无刀，拳脚上的功夫又稀松平常得很，尚不如一般武师，只三拳两脚，就被马青龙打倒。倒下之时，后脑正好撞上刚才藏身的那块巨石，咚的一声，顿时觉得眼前金星直冒，神志昏愦，久久不宁。

马青龙没料到括苍派弟子竟然这么不经打，怔了一怔，收了架式，仰头哈哈一笑，但只笑了两声，忽然停住，望着天空说道："奇怪，今天是新月夜，怎么这里还是这般光亮？"

上官鹏和花赛李听了这话，倒还罢了，只是叶枫被这话一激灵，猛然间像是想到了一件重要的事情，但脑海中只有模模糊糊的一团，就算伸出手去拼命地抓，也抓不住哪怕是一丁点儿的线索。

卫心如远远望去，只见叶枫只顾仰头看着月亮发呆，像是着了魔一般，在那里默默地呆望，怎么叫也不应，只好在心里不住地怨自己命苦。

花、马二人见叶枫的呆状，以为他已被吓傻，不禁相对哑然而笑。花赛李提剑上前，想要立时结果叶枫的性命，上官鹏忙伸手拦住说道："花老弟使不得，俗话说，能罢手时便罢手，得饶人处且饶人。总算我们也与陆掌门结交过一场，如今他人虽然死了，手下的弟子我们不加以照拂也就罢了，怎么倒还起了害人之心？这……这……怎么可以？"说到后来，几乎说不出话来，张髯横目，两只鼻孔张翕不已，显得极为气恼。

马青龙说道："上官掌门此言差矣！这小子在括苍山之时，就与小妖女眉来眼去，今夜又是不顾安危，定要出头做强梁，一定是中了妖法，不可自拔。现在要是让他活着离开，他必会将今晚的事全部都说了出去。到那时江湖上人人都知道我们老兄弟三人一败再败，一再折在魔教的三个年轻后生手下，要靠南少林的威风方能自活。到那时，老哥哥你就算只想在明州安享清福，也是不可得的了。"这是晓之以理。

花赛李也说道："上官老哥，你的鹏程镖局近年来可是兴旺得很，不仅在明州、越州，就是在杭州、睦州都新开了分号。我和马帮主手头上也有一些赚钱的营生，要靠道上的兄弟们帮衬帮衬，用来养活一家老小。要是坠了名声，你还指望会有人将大把大把的银子白白地送到明州你的府上吗？"这是动之以利。

可不管他们怎么说，上官鹏就只是大摇其头，说道："不成！不成！咱们自称名门正派，就应该恪遵祖宗教诲，严守门规，锄强扶弱。要是我们也像其他人一般滥杀无辜、欺凌弱小，那和魔教中人，又有什么分别？"说罢，伸出蒲扇般的大手，分开两人，径直上前，想要把叶枫和卫心如带走。

花马二人互相看了一眼，一齐挡在上官鹏前面。马青龙说道："上官老哥，咱们哥俩也有好几年没切磋了吧？今日小弟技痒得很，想请老哥哥指点一二！"

上官鹏面露诧色，看看马青龙，又看看花赛李。花赛李手握长剑，全神贯注，看来绝不像是想要置身事外的模样。上官鹏一颗心终于坠了下去，连说了几声："好！好！好兄弟！好兄弟！"说罢，再不发一言，转身就行，靴声橐橐，衣袂飘飘，转过两个弯，就再也看不见了。

待上官鹏一走远，花赛李就走上几步，恶狠狠地对着叶枫说道："小子，只好怨你自己命苦！"说着，举起长剑，使一招"毒蛇寻穴"，向着叶枫心窝直戳下去。想象之中，叶枫已无还手之力，接下来定然是血光四溅，一命呜呼。

第十七章　初试锋芒

谁知只听"叮"的一声轻响，有半截长剑飞了起来，花赛李顿觉手中一轻，仔细一看，芙蓉剑竟只剩了后半段，前面那一半已然消失不见。

这一惊非同小可，花赛李仿佛觉得自己的魂魄都已经脱壳而出，茫然间一抬头，更觉一阵神驰目眩，眼前突现一柄长刀，厚背薄刃，熠熠闪动着寒光，从一个自己绝不可能想到的方位，既像抹，又像钩，亦正亦斜，砍削了过来。

花赛李虽是使剑的行家，但看到这等妙到毫巅的刀法仍是心摇神驰，心中又是欢喜又是嫉妒，一时间竟忘了还手。直到刀锋越来越近，长刀上散发出来的寒光让他身上的汗毛都根根倒竖起来，这才悚然一惊，随手将半截长剑往上一撩，"叮"的一声，断剑又被削去一截。

幸得如此，将长刀的势头微微阻了一阻，露出一点儿极小的空隙。花赛李胜在临敌经验远比对方要多，死生俄顷之际，尚能临危不乱，用尽全力将手中断剑向对手掷去，乘机施展轻身功夫，就在间不容发之际，从那一点儿小小的空隙中窜了出去。

花赛李这一次死里逃生，乃是生平从未有过之经历，待站定之后，才发觉全身冷汗涔涔而下，思之兀自后怕不已。但等他看清对面那人，更加惊得舌僵口噤，半晌合不拢嘴。

只见对面站立一人，不知何时起手中多了一口长刀，竟不知从何而来，正自低头呆望，脸上的神情，既有欢然喜悦，更有难以置信，此人竟然便是不久前还浑浑噩噩、自身难保的括苍派少年叶枫！

站在一旁的马青龙自然也不敢相信自己的眼睛，心里头蓦地冒出一个念头："鬼魂附体！"至于是何门何派何鬼，他倒还没打过交道，今夜与此鬼也是初次见面。此时一弯新月斜挂东首，飞彩凝辉，将叶枫的身影长长地投射到地上。马青龙见到影子，心中的恐惧消了大半，深深地吸了两口气，挥动长鞭，自上而下直击了下来。

叶枫还未回过神来，迷迷糊糊地举刀削去。鞭长而刀短，软鞭先发而长刀后至，但马青龙的软鞭还高高举在空中，叶枫的刀尖就已经掠上他的左眉睫，正如天外游龙，不知从哪里夭矫而至。马青龙怪叫一声，急忙撤了软鞭，闪在一边。

叶枫此时倘若乘胜追击，已然取了二人性命。但他并无什么江湖经验，见两人让开一条路，反倒是暗中庆幸不已，从两人中间蹿跳而出，俯身抱起卫心如，连头也不敢回，就只管往枝叶茂密处逃去。

此时的花赛李和马青龙俱面如土色，过了半晌，才想起来互望了一眼，心中料想自己的脸色估计也好看不到哪里去。许久之后，两人几乎同时长叹一声，刹那间，什么抱负、什么名位，仿佛都已经烟消云散去。

这是叶枫生平头一遭用"柴刀刀法"与人过招，没想到竟然取得全胜，心中自是惊喜逾恒，难以自已，脑海中不断地回想方才的情形，浑然忘了怀中还抱着一个女子。

卫心如生平从未和一个男子如此接近过，此刻却被叶枫紧紧抱在怀里，脸正好贴在他的胸膛之上，感觉到他胸口剧烈的起伏，耳中听着他粗重的喘息声，顿时觉得局蹐不安，几次三番想要挣扎下地，却又觉得全身软绵绵的，没半分力气。偶有肌肤相接就更是心跳不止，羞不可抑，但又隐约觉得，就算这条路永远没个尽头，似乎倒也不见得太坏。

此时正是朝暾初上、晨曦甫动之时，但山高林密，林间仍是深绿黯黯。叶枫在黑暗中不能分辨东西，只能深一脚浅一脚地往亮处走去，有几次想停下来休息，谁知只要一停下脚步，就从四周隐约传来此起彼伏的喘息声，如同鬼魅一般。

叶枫瞪大了眼睛，向四下里张望，偏生望去到处都是鬼影幢幢，直把他吓得魂不附体，脚下一刻也不敢停留，时间一长，渐渐地脚软筋酥，就有些支撑不住。

这时，叶枫耳边似乎传来一阵流水轰鸣声，他精神一振，急忙向着水声的方向跑去。急奔一阵，水声越来越响，忽地眼前白光大盛，一条白练似的大河蓦地出现在眼前。叶枫喜不自禁，深深地透了一口气，说道："这下好……"

刚说了三个字，叶枫就觉得脚下一空，身子顿时直坠了下去，只来得及喊出半个"啊"字，就已与卫心如一起掉入了急流之中。

叶枫与卫心如二人均不会水，陡然落入水中，呛了几口水后，便即忍不住大呼小叫起来。这条河本自山中来，河面并不太宽，但水流湍急，挥波涌浪一般，不一会儿，就把叶、卫二人带到一处悬崖边。

这座悬崖，壁立千仞，高耸半天，河水至此喷涌而下，形成一道壮观的水帘瀑布。只是这道瀑布，却与别处不同。因这山势甚奇，在山腰处无端地凸起一块巨岩，将瀑布阻了一阻，远远看去，就像有人将水帘分成上下两截一般，因此本地人都称它为"双叠瀑布"。

叶、卫二人漂浮在江中，在江波浩渺中望去，只见前方江水从中断绝，似乎已到了绝境，只得互相攀扯，双手奋力划水，想向岸边靠去。但人力有时穷尽，自然之力无有止息，水流终于还是将二人带到崖边，向下抛去。

两人向下急坠了二三丈，又被崖壁上生长的一棵松树挂了一下，这才重重跌落在山腰间凸出来的那块巨岩之上。幸而在这山壁的隙缝间，不知从何年何月起，极偶然地落入一颗种子，此后年年岁岁，竟从斜刺里长出一棵枝柯交横的古松，将两人的下坠之势阻了一阻，变成只从数尺高的地方向下跌落，因此二人虽然跌得不轻，但性命却能得以保全。

巨岩的表面被瀑布冲刷得滑溜不堪，人在上面几乎不能立足。数千斤的河水就在叶枫身边倾泻而下，雷震云间，飞溅起的水花如同珍珠四溅，直蔽天日，将远处的景色笼于淡烟薄雾之中。

卫心如躺在石上，双目紧闭，不明生死。叶枫稍稍宁定了一下心神，一抬头，似乎瞥见身后山壁上留有一个小洞，大小仅够一人容身。叶枫此时身子早已疲乏之极，但身在岩上，时刻都有性命之虞，只好奋力半抱半拽，将卫心如拖入了那个小洞。

这个洞穴从外面看极小极窄，但内里黑漆漆的，竟似深不可测的模样。叶枫伸手探了探卫心如的鼻息，见她虽已昏厥，但呼吸平稳，似乎并无大碍，这才长出了一口气。但是他从树林中随身带出的那柄宝刀亦掉落在巨岩边缘，正一点儿一点儿地向下滑落，看来很快就要掉到下面的深潭之中。

叶枫犹豫再三，终于还是鼓起勇气，手足并用，紧紧贴着光滑的岩石，极慢极慢地向前挪去。过了好一会儿，眼看着可以够到那把刀了，叶枫刚把手伸出去，这时不知从哪里来的一股水柱，冲着那刀摇摇晃晃地直往下落。

叶枫暗叫一声："不好！"不由自主地往前一探，右手手指正好勾住了刀把，但用力过大，身子也随之滑向深潭。

第十八章　吐露心曲

叶枫脑子嗡地一下，一颗心早提到了嗓子眼，心中懊悔之极，这时只听身后卫心如惊呼一声，随即自己的左足足踝被人握住，正一点点地向上拉。

叶枫大喜，生死俄顷之际，不知从哪里生出一股力量，左手使劲抠住岩石上的小缝隙，累得几近虚脱，才和卫心如慢慢地爬回洞穴内，想起刚才惊险的情状，心中兀自狂跳不已。

卫心如坐在地上，抱着双膝，气喘吁吁地道："为了一把刀，你竟连自己的性命都不要了吗？"

叶枫说道："这把刀是我师叔留下的，我学艺不精，今后若想在江湖上留得性命，就全靠它了！"说着摸了摸刀，就仿佛是一个老朋友般。只见这把刀长二尺有余，刃如秋霜，当真是一把好刀。此刀名"昃阳"，刃口果然有一道青光激射而出，寒光闪烁不定，如果是在夜里，定然耀得人眼都花了。

卫心如奇道："怎么你还有一个师叔？"

叶枫心中苦笑道："你不知道也就罢了，就连我，也是刚才晓得世上还有这么一个'师叔'！"又说道："这个地方叫愚公谷，是我师叔旧居之地。许多年前，我师叔遭逢一件大变故，伤心欲绝之时，将这把'昃阳刀'埋在一块寸草不生、光洁如镜的巨石之下。昨晚在树林中时，马青龙马帮主曾说过一句话……"

卫心如插话道："不错！那个姓马的说：'奇怪，今天明明是新月夜，怎么这里倒是这般光亮？'"

叶枫说道："是，你记性倒是很好。"

卫心如笑道："得叶大侠夸奖一声，小妹真是三生有幸了！嗯，原来是巨石如镜，将月光投射到地上，才将空地照得如同白昼一般。那这样看来，马青龙岂不是成了我的救命恩人？下次再看到他，倒要好好地谢他一谢才是！"

叶枫说道："你还想见他？不怕他又要用刀子在你脸上划上十七八道？"

卫心如说道："谁说不怕？昨晚我真是怕极了！不过……从现在起，我再也不怕他了！"

叶枫奇道："为什么？"

卫心如突然有些神态忸怩起来，低下头半晌不语，只将衣服带子在手指上绕来绕去，过了好一会儿，才幽幽说道："从今以后，有你在我身边，我就什么也不怕了。"好不容易说了一句话，却说得细若蚊鸣，几不可闻。

叶枫支起耳朵，好容易听清了这句话，慌得连连摆手道："姑……姑娘，不……不是，不是这样的！"

卫心如鼓起勇气吐露衷肠，原以为从此以后可以两情相悦，万没想到叶枫竟断然拒绝，顿时又羞又急，愧愤交加，高声道："你，你说什么？既如此，昨晚你为何救我！既救了我，现在为什么又说些不相干的话来笑话我？你走，我不要再看到你！"

叶枫大窘，茫然道："你要我到哪里去？"

卫心如眼泪夺眶而出，边哭边说道："我不管！你走！你走！"叶枫无奈，拾起昃阳刀，弯腰向着洞穴深处慢慢地走了进去。

卫心如又是羞愧，又是伤心，百感交集，索性坐在洞口号啕大哭起来，全然不管叶枫去了哪里。

如此不知过了多久，忽听洞内传来"啊"的一声，细听之下似乎便是叶枫的声音。卫心如虽然气恼，但心中一丝情缘牵缠，仍是关心，不由得收了眼泪，叫了两声："叶枫！叶枫！是你吗？"

谁知等了一会，却是全无回音。卫心如想到自己现在上不着天，下不着地，置身在山腰间一块孤零零的大石上，言念及此，心下不禁惴惴，只好咬咬牙，站起身来，手扶着洞壁，一边呼唤着叶枫的名字，一边小心翼翼地向里摸去。

走了一会儿，洞内的光线渐渐地暗淡了下来，触手处也不再潮湿。这时叶枫的声音不知从哪里钻了出来："是卫姑娘吗？你不要动，我来找你！"

过不多时，卫心如果然看到洞穴深处有一点儿火光，向着自己移来，待走得近了，才看清原来是叶枫手举着一根枯枝，枝上燃着一团火光，莹然照亮了周遭数尺之地。

卫心如还未开口，叶枫先问道："卫姑娘，你可曾发现这洞穴有什么奇特之处？"说着，用火把照了照洞壁。

卫心如细看之下，脱口而出道："这……这像是刀削斧劈出来的！"

叶枫道："不错！你看！"说着，让卫心如退开两步，右手蓄劲，大喝一声，举起昃阳刀使劲向着洞壁批削下去。只听轰隆一声，一大块石头掉了下来，壁上刀砍之处十分光滑，火光照到之处，也都是利刃砍过的一片片切痕，果然像是人工开凿出来的。

叶枫与卫心如齐赞道："好刀！"叶枫得意洋洋，将昃阳刀小心翼翼地插入身后腰带，随即正色说道："卫姑娘，我带你去一个地方，不过不管你看到什么，都千万不可惊慌失措。"

卫心如脸色微变，深深地吸了一口气，郑重地点了点头。叶枫右手高高举起火把在前引路，两人沿着长长的甬道，一齐向着洞穴深处走去。

走了约莫半里，两人钻出甬道，来到一处极宽敞的所在，似是一个天然山洞的模样。叶枫在地上摸了摸，摸到一段木柴点燃了，交到卫心如手中。

卫心如没料到在山腹中竟然还有这等所在，大感兴趣，高举着火把，四处观看。刚走了两步，右脚似乎碰到了什么东西，传来哗啦一声。卫心如低头一看那个东西，直吓得花容失色，惊叫一声，手中的火把把持不住，掉落在地上，转身紧紧抓住了身边的叶枫。

第十九章　秘洞寻奇

叶枫把卫心如挡在身后，把火把放低，向下望去，只见一具死人骸骨瘫倒在地上，白骨森森，被火光映射在地上影影绰绰，乍一看让人心惊不已。叶枫拾起地上的火把向四周望去，只见宽阔的洞内或坐或卧，这样的死人骸骨竟有二三十具之多。这些人形态各异，身边散落着刀剑等各种兵刃，显然死前经过了一番剧斗。

卫、叶二人面面相觑，谁都不知道这是些什么人，他们之间发生过怎样惨烈的战事。卫心如原先还簌簌地抖个不停，现下也已经渐渐宁定下来，忽然她"咦"的一声，从脚边那具骸骨边捡起一柄长剑，仔细地端详，又凑到火光下细看，看毕问叶枫道："你认得这把剑吗？"

叶枫看了几眼，摇了摇头，说道："似乎有些眼熟，只是一时想不起来了。"

卫心如冷笑道："叶大侠果真好记性！刚刚发生过的事情转眼就忘得一干二净！这也难怪，你又没有被剑指着鼻子，也没有人要在你脸上划上十七八道，又怎么会记得？是我自己命苦罢了。可是正因为如此，我对'它'哪，可是念兹在兹，一生也不会忘记的了！"

叶枫装作听不出她话中的意思，说道："原来这把剑竟和花赛李师兄的宝剑十分相似，真是凑巧极了，想来一定是他们家祖传'芙蓉双剑'中的一支。是了，这支剑似乎略长些、略宽些，不像花师兄手中的剑那般轻而柔软，必是双剑中的雄剑无疑。那么这位前辈……"

他用手指了指卫心如脚边的骸骨，说道，"应该就是花师兄的伯父花以方老前辈了，花赛李师兄曾说他的伯父在三十多年前不明不白地死在了魔教中人的手里，原来竟是殁在了这里。"

卫心如哼了一声，说道："哼，可惜已经分辨不出他们的本来面目，倘若真是死在本教前辈耆宿手中，那也是他们自不量力，死有余辜！"

叶枫无奈苦笑，不欲与她争辩，只在心中想道："只怕五龙帮的马玄龙前辈、洞庭帮的郎震海前帮主等等一干武林前辈都在其间，原来江湖上传言三十多年前正邪双方的一场大战竟然是真的。魔教能与正派分庭抗礼数十年，看来绝非只是浪得虚名而已，其中的能人异士定然极多。单就我认识的人之中，卫姑娘、端木兄弟等，哪一个不是才智犀利、武功高强之士？任何一位都足以与上官鹏、马青龙等一较短长……"

卫心如见他低头沉思，半晌不语，好奇问道："你在想什么？"

叶枫回过神来，说道："卫姑娘，我在想，在这里的每一个都是三十年前武林中着实了不起的人物，在括苍山时，我们小辈私下里谈起时，都是久深景仰的。不管是谁，能将他们一鼓聚歼，那这个人，无论智计还是武功，定然都是登峰造极的了。我方才遥想他当年的风采，实在深感佩服，不知不觉就想得出了神。"

卫心如听他居然夸赞起自己教中的人物，顿时喜溢眉梢，问道："你说这话，可是真心的吗？"

叶枫说道："是啊，自然是真心的。"

卫心如笑道："你若只是要哄我开心，不妨直说就是，我反而会更加高兴些。"

叶枫茫然不解，用手搔了搔头，说道："我不是在哄你开心啊，难道我佩服一下你们教中的前辈高人都不行吗？"

卫心如见他不像是在开玩笑，也收敛了笑容，说道："既然不是，你又如何得知当年我教中参加这场战斗的只有一个人？这不是在哄我开心吗？"

叶枫这才明白过来，笑道："姑娘聪明过人，怎么这一点儿却看不出来？"

他蹲下身来，用手指着地上的一具具尸骸，说道："你看，这些人死时形态各异，但无一不是被重手法击中要害而死，有的被击中前胸，有的是后背，还有两三人伤在小腹。这几处的骨骼深陷进去，但没有一根断折。似这般狞厉无俦，却又刚柔并济、无形有质的掌力，在武林中，已是造于峰极，能练成的，最多一二人而已，这又有什么难猜的呢？"

卫心如也蹲下来，细看了一番，点头道："不错！果然是'大成神瑛掌'！"

叶枫问道："什么是'大成神瑛掌'？你是怎么知道的？"

卫心如站起身来，掂了掂手中的芙蓉剑，随手往地上一抛，"噌"的一声，剑尖刺入地面三寸有余，剑柄兀自颤动不已。

卫心如伸了伸舌头，赞道："好厉害！"转过头来对叶枫说道："大成神瑛掌和《木纹经》是我教的不传之秘，数十年来，一向就只有教主才能修炼，我是本教青樱殿堂主，又怎会不知？"

叶枫听她说《木纹经》原是明教之物，脸上微微变了颜色，偷偷摸了摸腰间的《木纹经》，幸好洞内昏暗，卫心如未曾发觉，反而转身离开，在洞内各处细细查看，像是在找寻什么东西。

过了一会儿，从东边洞穴深处传来卫心如的声音："在这里了！"叫声中满是欢然喜悦之意。

叶枫三步并作两步奔了过去，只见卫心如站在角落里，高举着火把，正抬头看着什么。她的脚边俯卧着一具骸骨，比常人足高了一头有余，手脚骨节十分粗大，双手向前伸去，旁边丢弃着几块锐利的石块。与其他人不同，他的身上没有遭受重击的痕迹，只有左腿受了一处剑伤，深可见骨，触目惊心。

　　叶枫像是在问卫心如，又像是自言自语地道："他是谁？为什么一个人躺在这里？"

第二十章　一封遗书

卫心如没有回答，自顾自地望向坚硬的石壁，叶枫顺着她的目光看去，只见壁上草草地刻着几行字迹。石壁坚硬异常，这人只用几块石头，就能刻石成字，历经数十年仍可辨认，手劲之大，内力之强，可想而知。叶枫仔细辨认上面的字迹，一字一句地念了出来：

"余纵横江湖数十载，大成神瑛掌既已练成，天下已无抗手，唯有一事，令余日夕郁郁、寝食难安。上代姬教主遗命，令余设法补足《木纹经》之缺，以练成神功，光大我教。然今余身受重伤，命在旦夕，而《木纹经》竟与老夫同朽，余有负姬教主重托，实乃本教之大罪人也。日后倘若老天垂怜，有人能见余遗书，持《木纹经》送归总坛者，本教弟子，即以此人为本教大恩人，供养三代，不得有违。

"二月前，本教探子拼死回报，东京皇城藏书楼与《木纹经》有重大干系。余即只身北上，潜入皇城一月有余，遍阅藏书楼中古籍，终于洞悉《木纹经》之不足所在。然时运不济，竟至于斯。当夜就被一众御前侍卫发现，一路追杀，白道上人物诸如花、马、郎等觊觎经书，竟也苦苦相逼，必欲致余于死地。余实无力一一击毙之，恐机密将泄，即引诸人至愚公谷本教旧时藏匿军资之处，同归石既已放下，外人不得进，余与诸子亦不得出矣。在此生死两隔之洞中，余与诸子挑灯对坐，切磋较技，岂不快哉？"

叶枫念到这里，想象着当年众高手困在洞中，一个个绝望无助、恓恓惶惶的模样，背上忍不住出了一层冷汗，心中想道："这里果然就是愚公谷，只是不知那同归石在什么地方？"出神半晌，接着读下去：

"光明殿金左使臂童，武功卓绝，但天性易于愤激，琐事皆系于怀，且最易为情缘牵缠，难当大任。"

卫心如忽道："金臂童？他是谁？为什么我从来没有听说过本教还有这么一号人物？"

叶枫没有回答，但心中已经了然："原来金师祖是魔教的什么光明殿左使，他当年不知怎么打听到《木纹经》失陷在此，又打不开同归石，便用利刃凿开山腹，取走了经书，从此就在这愚公谷隐居下来，独自苦练神功。奇怪，他为什么不回归本教？是了，看来他早知道教主之位并不属意于他，与其回去交出经书，不如自己修炼。师叔曾说此经不祥，看到的人皆难以自拔，看来果真如此。"想毕继续观看石壁上的文字：

"右使卫比伯，志存高远，气度凝重，可摄教主之位，处理本教要务。新教主务必要恪守历代教主之遗训，诛奸除暴，铿恶扶良，切记！切记！明教第二十二代教主易天星谨白。"

石壁上至此再无其他文字。卫心如叹道："我听说本教上代教主三十多年前只身北上，从此下落不明，原来竟葬身于此。"

叶枫心中已猜到三分，但仍忍不住问道："卫姑娘，易教主遗书中所说的这位卫比伯前辈，他……就是令尊大人吗？"

卫心如瞪大了眼睛，不解道："是啊，爹爹是本教第二十三代教主，我不是早就告诉过你了吗？"

叶枫奇道："你什么时候告诉我了？"卫心如道："本教上三殿光明殿、青樱殿、凤凰殿，其中光明殿堂主向来都是由教主亲任，我是青樱殿堂主，在教中位分仅次于教主，如果不是他的独生女儿，又怎么能担此要职。你这一问，未免太笨。"

叶枫心中苦笑："这是你们教中之事，我又怎么猜想得到？"说道："原来如此。卫姑娘，现在最要紧的，是想办法离开这个鬼地方，你知道同归石在什么地方吗？"

卫心如摇了摇头，看了一眼易天星的遗骨，和叶枫一起到处找寻出路。找了半天，终于找到一条弯弯曲曲的甬道，两人满心欢喜，拉着手顺着小道向前摸去。这条甬道弯弯曲曲，中间连通着几个石室，每个石室中都堆放着数十个柳木箱子。

叶枫一一打开箱子查看，其中装的无非是一些金银、兵器、旗帜等等之类的物事，数量甚巨。两人想到易天星遗书中曾提及这个山洞原是明教起事时的军资储藏之地，倒也不以为意。其中更有一些较小的箱子，金镶玉嵌、益有古意，一看就是贵重之物。打开箱子，更是宝光莹然、耀眼生辉，里面放着些牙箸珠盘、各色琉璃盏、宝石等。几乎每一件东西，都是价值不菲的宝物，看得两人眼都花了。

卫心如顺手从箱子里拿出一枚嵌着璆琳的戒指，璆琳这种宝石，本来就极其稀有贵重，尤其这枚，比普通的璆琳大了不止一倍，颜色也更加端丽，在昏暗的山洞中但见金屑散乱，光辉灿灿，极为罕见。只这一枚，恐怕就比箱子里的其他东西加起来还更加珍贵些。

叶枫见卫心如的模样，心中暗笑："心如毕竟还只是个小姑娘，尽是喜欢这些精巧却无用的东西。"等了一会，渐渐地有些不耐烦起来，叫了两声："卫姑娘！卫姑娘！"卫心如这才嗯的一声，回过神来。

叶枫问道："卫姑娘，这东西真好看，它叫什么？"

卫心如叹了口气，说道："这是瑠琳，是极罕见的宝石，因为它'其色如天'，又称'帝青色'，因此最受历代皇帝老儿的喜爱，我长这么大，今天也只是第二次见到而已。"

叶枫笑道："姑娘倘若喜欢，不妨拿去就是，反正这里所有的东西，都是你们明教的。"

卫心如叹了一口气，轻轻地将瑠琳戒指放回箱子中，说道："我们能不能活着出去还不知道，要这没用的劳什子有什么用？"说罢盖好箱子，和叶枫一起走出了石室。

在甬道中，卫心如对叶枫说道："方才我想到有一件事很是奇怪，只是一下子想不出是什么事，因此才出了神。"叶枫一连说了几件事，卫心如都摇头说不是，他也只得罢了。

甬道又黑又长，每到一个岔路，卫心如就从身上摘下一件首饰，丢在地上作为记号。叶枫见这些东西无一不是珍贵异常，但卫心如就这样随意丢弃在地，丝毫不觉得可惜，心中不禁想："卫姑娘这种做派，倒和师妹十分相似，她平时也是这样大手大脚，丝毫不念物力艰难，因此也没少挨师父的骂。每次被师父骂得哭了，她都会跑来找我，我总要哄上半天才好……"

胡思乱想中，甬道越走越窄，最后两人已不能并排行走，只能一前一后鱼贯而行。又走过长长的一段，终于前方已无路可走，尽头处矗立着一座小山般的巨石，黑黝黝的，不知究竟有多大。

叶枫倒吸了一口气，心中想："但愿这不是什么同归石，否则就算是绝顶高手，也绝不可能推开它。"

叶枫将手中火把交给身后的卫心如，深吸了几口气，将双掌按在石上，大喝一声，用力向前推去。他心中明白两人的生死全系于他是否能够推开巨石，因此使足了全身的力气，但巨石仍犹如蜻蜓撼柱，纹丝不动。甬道狭窄，卫心如帮不上忙，何况就算是添上她的力气，也是于事无补。

叶枫连用了几次劲，直至汗湿衣襟，仍是未能移动巨石分毫。好在他在甬道中时就已想好，这时只能抽出昃阳刀，挥手让卫心如后退几步，咬咬牙，用力朝石上斫去。

只听当的一声巨响，昃阳刀反激上来，石上只掉落了一些碎屑，留下一道白印子。昃阳刀倒是不曾损坏，但这样砍削下去，只怕才砍开一个小口子，昃阳刀便早已折断，就算取来芙蓉剑，也不过是多毁掉一件神兵而已。

叶枫抹去额头上的汗水，说道："这块究竟是什么石头，如此坚硬，与山洞中其他石头全然不同，但愿它不是什么同归石。"

其实他的心中已料定它必然是同归石，只不过仍存着一线希望而已。卫心如侧着身子挤上前来，正好叶枫一回头，几乎就要蹭到她的脸。两人同时脸一红，均是羞愧难当。叶枫小心翼翼地挤了出来，回想起刚才一错身时，闻到卫心如身上传来的阵阵少女馨香，心神一阵激荡，心怦怦怦地跳动不已。

卫心如也稍稍平复了一下心情，这才高举火把照向大石。只见石上正中间用殷红如血的油墨涂写着八个大字，年久日深，油墨大多已经脱落，但在火光照射下，仍可辨认得出，乃是：

幽冥路隔

殊途同归

叶枫和卫心如同时惊呼出声，最后一丝希望瞬间破灭，两颗心一路沉到了底。卫心如忍不住，颓然坐倒，抽抽噎噎地哭了起来，叶枫亦是长叹一声，久久无语。

不知过了多久，叶枫拉了拉卫心如，两人垂头丧气地顺着刚才留下的记号，回到了大洞中。

火把即将燃尽，叶枫找了两根木柴，重新做了两支。卫心如神情萧索，抱着双膝坐在地上，一会儿看看钉在地上的芙蓉剑，一会儿四处张望，过了一会儿，忽地从地上站起来，喃喃地道："我想起来了，我想起来了！"

第二十一章　共处一室

叶枫见到卫心如神色异常，吓了一跳，颤声道："卫姑娘，你这是怎么了？"

卫心如转头看到叶枫惊恐的模样，忍不住嗔道："哎呀，我没事！"劈手从叶枫手中拿过一支火把，拉着他来到易天星的骸骨旁，说道："你仔细看看，易教主的样子可有什么古怪之处？"

叶枫仔细看了看，又摇了摇头，茫然不解。卫心如见叶枫仍是不明白，不耐烦地道："你看，易教主俯卧在地上，双手前伸，双脚张开，与其他人死时的模样全不一样，难道你不觉得奇怪吗？"

叶枫哑然失笑，说道："这又有什么奇怪的？易教主将敌人引入密洞，放下同归石，趁着他们惶惑失措之际，一一下重手击毙之。但自己也已身受重伤，真气涣散，命在旦夕，待他勉力刻下遗书之后，终于真元耗尽，跌落在地，就此死去，你看，是不是就是这个样子？"

卫心如伸出手来比画了两下，终于叹了口气，说道："不是这样的，但我又说不出是什么缘故……唉，兴许是我自己想多了。"

卫心如呆了半晌，抬起头来对叶枫说道："叶枫，我们快要死了，你能不能帮我最后一个忙？"

叶枫看见她脸上凄苦的神情，忍不住心头一阵刺心的难过，高声说道："卫姑娘，都是因为我，让你不明不白地困在这里，今日只教你说得出，不管什么事，我无不应允。"

卫心如欢喜地道："真的？你真的答应我？"

叶枫嗯了一声，望着她笑靥如花，郑重地点了点头，忽然间觉得，只要能哄得她这般开心，就算让自己去杀人放火，伤天害理，自己恐怕也是甘之如饴，欢然喜悦。

就听卫心如忽然低声说道："那你还叫我卫姑娘？"

叶枫一怔，一时不知该怎样回答，卫心如叹道："你还是不愿，算了，反正在你们眼中，我终究不过是个魔教妖女罢了！"

叶枫闻言，心中不忍，说道："心如，倘若你喜欢，从今以后，我都这般叫你！"

卫心如眼圈一红，两大颗眼泪滴落在地上，心想："现在你才愿意这么叫我，只可惜我没有多少时日听了。"

卫心如拭了拭眼泪，勉强笑笑，说道："我高兴极了……叶枫，你知道我们明教是怎么来的吗？"

叶枫摇了摇头，说道："卫姑娘，噢不，心如，我们在背地里都称你们为魔教，总把你们当作是妖魔鬼怪一类的人物。三十年前，多派掌门人同时失踪，人人都道是你们明教所为，从此更是对你们恨之入骨。至于你们的来历，却是谁也说不清楚，就莫名其妙地斗了这么多年。"

卫心如道："世俗之人多爱捕风捉影，向来如此。其实明教就是摩尼教，最初源于波斯国，唐时传至中土，唐皇在各处敕建大云光明寺，就是明教的寺院。只因我教教众素来和朝廷官府作对，他们便把'摩尼'的'摩'变成'魔'，说我们是'魔教'，严加禁止。我们为避官府的耳目，做事不免隐秘诡怪，后来更是与各大门派积怨成仇，渐渐地势同水火。"叶枫点点头，直到此刻方才知道明教的来历。

卫心如继续说道："明教的教义是'清净、光明、大力、智慧'八个字，大概的意思是说：在世界的一开始，就有光明和黑暗两个王国。大明尊统治着光明王国，在那里，光明、善美、和平、秩序、洁净。黑暗王国到处充满烟火、闷气、飓风、污泥、毒水，由黑暗魔王统治，住着五类魔，整天沉溺在情欲和争吵之中。光明和黑暗数次大战，黑暗魔王使恶魔生下了人类的祖先，因为人类是黑暗之魔的子孙，大明尊便派遣光明使者，用光明来拯救人类的灵魂。"

说到这里，卫心如不再继续说下去，却轻轻地哼起歌来，只听歌声中唱道："光明普遍皆清净，常乐寂灭无动诅；彼受欢乐无烦恼，若言有苦无是处……"

这一曲珠转水溅，字字清圆，浑不似中原地区的曲调。叶枫听着歌声中绵长幽怨之意，想起自己幼时的故乡，不由得痴了。

过了许久，歌声才渐渐地低沉下来，叶枫心中想道："原来你们明教早年的宗旨也光明正大的很呢。"脑海中忽地闪过马青龙、花赛李的身影，心想："像双绝门、五龙帮等帮派，哪一个教旨不是光明正大的，马青龙、花赛李这些人，入教之初，都曾在祖师牌位前说过什么上替天心、下救百姓之类的话。谁知一当上掌门、帮主，竟会为了一己之私，做出种种狠戾阴毒的事来，至今思之仍是令人不寒而栗。"

卫心如说道："易教主在世之时，慷慨豪迈，襟怀恢廓，极受属下爱戴，我爹爹每次说起之时，都是十分景仰的。我刚才在想，若是爹爹在这里，他会怎么办？"

叶枫点了点头，接了一句："是啊，他会怎么办？"

卫心如道："我爹爹他定不会让易教主这样趴在地上，就跟那些人一样。"说着，朝着马玄龙、郎震海等人的方向努了努嘴，对着叶枫说道："叶枫，方才我让你帮一个忙，你应允了，如今可还作数么？"

叶枫庄容正颜道："自然作数。"

卫心如道："我想请你把易教主的遗体摆放好，你可觉得为难么？"

叶枫悄悄松了一口气，说道："此事好办，交给我就是。"

卫心如斜睨了叶枫一眼，说道："你是正教弟子，如果觉得为难，不做就是，我绝不来勉强于你。"

叶枫笑道："我是没想到明教的大小姐这么轻松就打发了我，真真是感激不尽了！"

卫心如做了一个鬼脸道："羞也不羞，我倒是有几个极难的题目，你做得到吗？"

洞中虽然金银堆积如山，可没存半点米粮，两人均知自己时辰无多，只想在临死前尽情开心一把，只是他们的笑声中总带着七分酸涩，心中苦楚，实在是难受至极。

叶枫来到易天星遗体旁边，将他的骨骸一块块捡起，露出他身下的一块地面，似乎上面镌刻着一行浅浅的小字。

第二十二章　逃生之索

洞内昏暗，叶枫不及细看，先将易天星的遗骨整齐地摆放在山洞西侧一块凸起的大石头上。放好后，叶枫退后几步看了看，只见易天星端坐在大石之上，俯视着脚下一众曾与他殊死搏斗的敌人，俨然一副胜利者的姿态。

叶枫望着易天星高高在上的模样，想起数十年前，他一人独斗群豪的风采，禁不住心生敬畏，恭恭敬敬地作了三个揖，作过揖后才猛然醒悟过来，想道："我对他这般恭敬，却是对不住正教中的这些前辈了，唉，不出三日，我和心如就都死了，还想这些做什么……对了，那些小字……"

想到这里，匆匆回到刚才易天星趴着的地方，叫来卫心如，两人一起蹲在地上，用火把照着，一个字一个字地念了出来：

经本无经，经中有经，天也命也，复何如耶？

字体笔迹和石壁上的一模一样，只是小了许多，又被易天星的身体盖住，如果不是移动他的遗体，断然看不到。叶枫和卫心如将短短一句话反复念了几遍，接着又倒着念，隔着字念，但不管怎么念，这一句都不像是离开这里的密语。

正当两人大伤脑筋之际，忽听背后有人说道："啊哈，两个小畜生果然在这里！"言语甚是粗俗无礼。

叶枫和卫心如这一惊着实非同小可，急转头一看，只见通向瀑布的甬道口高低错落地站着三个人，身穿黑色长衣，头戴洪油斗笠，黑布蒙面，依稀便是昨晚树林中那帮黑衣人。

叶、卫二人只一惊，但立时便转惊为喜，从地上一跃而起，激动得眼泪飘飞，拉着手又蹦又叫道："是活人！是活人！"

三个黑衣人面面相觑，如同看到怪物一般。站在左手边那个黑衣人又矮又胖，周身上下圆滚滚的，大肚子向前凸出，就像在衣服下面藏了一只大南瓜一样，朝地下啐了一口，恨恨地道："真是触霉头，这两个小鬼怕是疯了！"站在中间的黑衣人身高膀宽，低沉着声音说道："别废话了，赶快抓住他们！"

矮胖黑衣人说了一声："好！"跨上一步，伸出一只肉乎乎的手掌向叶枫抓去。忽然眼前寒光闪动，一把长刀横亘在眼前，矮胖黑衣人急忙变招，但不管是上勾还是下拂，那把刀总在前面寸许的地方晃动，看上去倒像是黑衣人急吼吼地要把自己的手掌送去切开一般。

他身后的两个黑衣人同时惊呼起来，那个身材高大的黑衣人叫道："三弟，快退！"一边从身边抽出一枝链子枪，奋不顾身地揉身扑上，对准叶枫的左腕发力刺去。叶枫手腕一转，将昊阳刀从下方翻了半个圈子，使了一招"没头没尾"，朝着黑衣人的枪头削去。

高大黑衣人这招意在救人，链子枪倏刺倏收，乃是虚招，见矮胖黑衣人已退回原地，链子枪不退反进，径往中宫直进。这一招"盘肘刺扎"本是攻中带守极高明的枪法，怎奈叶枫手中的昊阳刀实在太过锋利，实是天底下所有兵刃的天敌，叶枫只将刀略略往怀中一抱，寒气就已经逼上了枪缨。高大黑衣人不敢再斗，连忙抽回链子枪，一个侧翻，与矮胖黑衣人站在一起，两人同时叫了起来，只不过那矮胖黑衣人叫的是："好刀法！"高大黑衣人叫的则是："好刀！"

叶枫刚逼退两人，就觉身上凉飕飕的，打了一个冷战，扭头一看，只见站在右边的那个黑衣人，弓腰曲背，其瘦如枯腊，形同枯木，似乎一阵小风都能将他吹走，让人都忍不住要替他担心。但露出的两只眼睛目不转睛地盯住叶枫，眼眸中熠熠闪着光芒，双拳紧握，浑身簌簌地抖个不停，显然是激动之极的模样。

叶枫又看了他两眼，身上愈发冷得厉害，心中想道："难道这个痨病鬼竟是内力精强的武学高手？"

痨病鬼黑衣人走上两步，刚想说什么，突然间剧烈地咳嗽起来，他这一咳竟似再也停不下来，连叶枫都禁不住替他难过，心中直呼："别咳了！别咳了！"好容易渐渐停了下来，他用手抹了抹嘴角的唾沫，一边喘气一边对着叶枫说道："拿来！"

叶枫一怔，问道："什么？"

痨病鬼黑衣人用手抚着胸口，艰难地道：《柴刀刀法》，拿来！"

叶枫大吃一惊，脱口而出道："你怎么知道？"

黑衣人哈哈大笑，边笑边说道："哈哈哈，我不知道？我怎么会不知道！"说罢，唰的一声，扯开了蒙在脸上的黑布。卫心如"啊"的一声，惊恐地躲到了叶枫身后。只见黑布下露出一张惨白的脸，尤其令人可怖的是他脸上那一道深深的刀疤，从额头一直到下颌，疤痈肿癞，十分吓人。

只听他低沉着声音说道："你们看着害怕是吧，咳咳，那一年在青州，我在一天之中接连三次败给同一个人，他用的就是这种刀法，一模一样，最后一次我被他一刀砍在面门，几乎死掉。醒来后就变成这种人不像人、鬼不像鬼的模样。嘿嘿，你竟然还问我识不识得《柴刀刀法》？"

叶枫倒吸一口凉气，脑海中闪过一桩往事，忍不住问道："你和翠微山庄骆老掌门有过节？"

痨病鬼黑衣人脸色一变，那道伤疤跳动了一下，说道："你果然知道，林孤桐是你什么人？"

叶枫还未回答，卫心如就在他身后插话道："我们本想告诉你的，可谁叫你这般凶巴巴的，我们就偏不说。"

叶枫点头道："正是。"痨病鬼黑衣人这才注意到叶枫身边还有一个女子，瞥了一眼，忽然间像是被施了魔法似的，两只眼睛死死地盯在卫心如脸上，两个鼻孔翕张不已，舌僵口噤，竟连一句话也说不出来了。

卫心如被他看得动了气，也向着他怒目而视，过了好一会儿，那痨病鬼黑衣人才长长地叹了口气，淡淡地说道："说不说都是一样的，好小子，动手吧！"说罢，从身后抽出一对镔铁牌，双牌互击，发出刺耳的当啷声，良久不绝，听在耳里极不舒服。

站在他身后的高大黑衣人向着矮胖黑衣人使了个眼色，两人慢慢地退出了大洞，直退到甬道中，看不到他们的地方。

虽然看不到人，但耳中仍不时传来刀牌撞击之声，如暴雨洒窗，既密且急，中间偶有双牌互击，铮然大响，用来扰乱敌人心神。两人听了一会儿，渐渐地有些心神不宁，呼吸不畅，只好再往后退了几步，转过一个弯，洞里忽地寂然无声，似乎胜负已分。

过了好一会儿，仍是一无声响，两人正不明所以，就看见有两个黑影如同飞燕掠波一般，从洞内疾奔而出。两人定睛一看，果然就是那两个"该死的小鬼"，只是叶枫嘴角带着鲜血，卫心如的帽子也被打落，一头秀发披散了下来。

矮胖黑衣人看得分明，大喝一声，跨上一步，双手齐齐抓出，高个黑衣人也挥动链子枪上前来左右夹攻。叶枫早看到二人，左抹一刀，右抹一刀，将一招"指东打西"分开左右各使一次。两人见其刀法精奇，又忌惮昃阳刀锋锐异常，只好退后一步，眼睁睁地看着叶枫和卫心如逃出洞去。

这三个黑衣人，原先都是江湖上的大奸巨憝，后来结为异姓兄弟，多年来一同出生入死，感情甚笃。三人叙齿，以高大黑衣人，名叫商横王的居长，痨病鬼穆易杨次之，矮胖子宫长张年纪最小。但就武功而论，老二穆易杨又远胜商、宫二人。

其时商横王和宫长张牵挂老二，放过叶、卫二人，匆匆回到洞内，只见偌大的山洞空空如也，一个人影也没有。两人心急如焚，四处呼喊穆易杨的名字。过了许久，穆易杨才从角落一条弯弯曲曲的甬道内奔出，一见到商、宫二人，就急急问道："那两个小鬼呢？"

当时，叶枫与穆易杨刚一交手，便知道自己远不是他的对手，卫心如灵机一动，与叶枫合力将他引进密道，自己却趁机逃脱。他们刚到洞口，就看见有根用树皮搓成的绳子，从崖顶直垂到洞口。两人大喜，想也不想，就攀住绳子向上爬去。河水依旧像白练似的从两人身边冲刷而下，水声淅沥如泣，如同碎玉飞花一般四处飞溅，十分惊险。

两人正奋力向上攀登，就听呼的一声，有一枚暗器破空而来，叶枫早有准备，挥动昃阳刀，将一只铁莲子拍到一边。紧接着四处传来嗖嗖声响，袖箭、透骨钉等暗器纷纷而至，中间还夹杂着拳头大小的石块。叶枫看得极准，一边将暗器巧妙挡开，一边毫不停留地向上爬去。

等到又爬上几步，已能看清崖顶之人的模样，斗笠黑衣，果然又是那伙人，中间一人，没戴帽子，露出满头黑发，叶枫依稀记得，他就是树林中发号施令之人，是他们这一伙人的首领。

果然，他见暗器奈何不了叶枫，低沉着嗓子喊道："断索！"叶枫心中一声狂跳，心道："不好！他们要砍断绳索！"

第二十三章　中年文士

这时他们距崖顶还有几尺，崖壁滑溜异常，根本无法踏在上面一步跃上。粗索乃是用树皮搓成，并不牢靠，刚砍了两下，只听"崩崩"几声，绳索已断了一半。叶枫身子往下一沉，心想："这下我与心如当真再无葬身之地！"向下一望，想乘机再看卫心如最后一眼，只见卫心如在他身下，伸出左手狂挥，满面焦急之色，口里不停地喊道："芙蓉剑！芙蓉剑！"

叶枫登时脑海中一闪，还来不及去想到些什么，立即将昃阳刀奋力朝着左前方山壁上掷去，当真是连吃奶的劲都用上了，嚓的一声，昃阳刀深深地嵌入山壁中，只留下刀柄和半截刀身露在外面。

这时，崖顶之人已将粗索砍断，一人飞起一脚，不等粗索滑落，就将它踢入深谷。叶枫大喝一声，右手一扯粗索，借得一点儿力右脚在崖壁上使劲一蹬，左手拉起卫心如，跃在半空中，看准昃阳刀露在外面的刀柄，左脚刚好踩上。

昃阳刀经不起两个人的重量，"嗡"的一声弯了下来，复又弹起，叶枫就借着这一弹之力，左脚使劲一踏，和卫心如又跃上数尺，终于将将够到了崖顶的岩石，翻身到了上面。但是昃阳刀终于禁不住两个人大力的一踏，"叮"的一声，从中断折，一半留在山石中，只露出寸许长的一截，另一半笔直地往下落去。

叶枫趴在崖边，望着昃阳刀翻滚着落入到茫茫瀑布、一汪凝碧之中，终于杳不可闻，再也看不见了。卫心如一到崖上，丝毫不停留，在地上捡起一根带叶的树枝，塞到叶枫手里，在他耳边大声说道："左后方，快还手！"

叶枫尚在浑浑噩噩间，听到卫心如一喝，迷迷糊糊地将树枝向后挥出。他身后一个黑衣人正欲偷袭，但树枝后发先至，奇变横生，已扫到自己脸上，百忙之中将手中长剑竖起一挡，虽将树枝勉力挡住，削落了几片树叶，但姿势别扭之极，很是难过。叶枫转过头来，一眼瞥见他右半边身子露出老大的破绽，哪里肯放过，将树枝朝他右胸勾去。

这个黑衣人姓余名忠臣，是他们这一伙人中除首领外的第二把手，武功也甚是了得，只见他急忙将身子一侧，虽将要害处让开，但还是被树枝拂中了右臂。"咔嚓"一声，上臂骨早已折了，余忠臣狂叫一声，额头上豆大的汗珠滚滚而下，长剑把持不住，掉落在地上，抱着手臂，向后滚了两滚，被同伴接住。

卫心如拾起长剑，拉着叶枫慢慢退开，一直到退入树林后才发足狂奔。离开越远，耳中听到的瀑布轰鸣声也越来越小，但隐约仍可听见瀑布下传来的宫长张声嘶力竭地叫喊声："放下绳子，拉我们上去！听见没有……"

……

明州城城东有一条街，就叫作东大街，从北一路向南，有马家干果铺、陈小二熟肉店，次则是孟公道生药铺、张家金银交引铺、周五郎分茶铺等等，大小铺席，连门俱是，几乎没有空虚之屋。

其中有一家小小的茶肆，多卖擂茶、花茶和各色点心，或卖盐豉汤，有时兼卖一些梅花酒。店门前排列花架，架上摆放着四时鲜花，店内横七竖八地排开七八张桌子，四周的墙壁上张挂着些亦真亦假的书画、不明不白的真迹，还有一些客人的信手涂鸦，一一陈列在粉壁上，还没来得及抹去。

刚过午时，店内客人不多，稀稀落落地坐在两三张桌子旁。这时，门帘一挑，从里间走出来一个小伙计，手里端着一碗茶，来到炉灶旁边，将手中的茶汤小心翼翼地浇在一个瓷制的小偶人身上，口中兀自念念有词。

近处一张桌子旁围坐着三个人，一边喝茶一边闲谈，桌上摆着一壶茶和几碟枣子糕、红薯饼之类的小食。其中一个中年汉子回过头来看了看，笑着对小伙计说道："阿丁，你也忒小气了，就这么一小碗，陆茶神怎么保佑你们生意兴隆？"

那个叫阿丁的伙计白了他一眼，没有答话，仍是将一碗茶汤慢慢地浇完了，合掌拜了几拜，才说道："你们这是黄鹤楼上看翻船，饱汉子不知饿汉饥，再没生意，只好请你们喝西北风了！"

中年汉子嘻嘻一笑，同桌一个长者劝道："大华，你别拿他开心了，自从街北姓薛的人家搬走，这里的生意确实清淡了不少。"

大华问道："老顾，今年的奇事真是一桩接着一桩，就说街北那薛家，住得好好的，怎么一夜之间，大小几十口人悄没声息地就搬走了？更奇的是，走的时候，家具什物什么的一件也不带走，这究竟是什么缘故？"

和他们同桌的一个青年刚咬了一口枣子糕，听到这里忍不住插话道："一定是他们家有人犯了事，这就是那什么……对了，戴罪流放！"

大华呸了一口，说道："小秋，你小子真是越来越不长进了，薛家人走的时候，一不披枷、二不戴镣，流放？你见过这么流放的吗？咱们还是听老顾说说这事！"

老顾面上微微露出得意之色，不紧不慢地吹了吹水面上的茶叶末儿，啜了一口茶汤，眼光在他们两个人的脸上扫了几扫，这才说道："要说这薛家，原也算得上是簪缨门第、钟鼎人家，家中有兄妹二人，小妹多年前就嫁给城南一户姓张的人家。十多年前，薛家老太爷过世之后，家中子弟忙着吃喝嫖赌，家境便一年不如一年。这几年，兄妹二人更是为了家产一事争得不可开交，妹妹说哥哥多分了家产，哥哥说妹妹多得了嫁妆，最后干脆一纸诉状告到了本府王大人的手中。"

大华摇头道："俗话说，清官难断家务事，再者咱们这个王大人，平日里做事就有些颠三倒四，这回呀，嘿嘿，嘿嘿！"说着直摇头，脸上一副不以为然的模样。

老顾冷笑道："嘿嘿，这回你可猜错了。王大人见薛、张两家都坚持说对方多分了家产，当即颁下一纸判状，让薛家搬到张家，张家搬到薛家，所有东西，一件不得搬走。这两家争来争去，最后谁都不满意，落了个哑巴吃黄连——有苦说不出。"

三人一齐抚掌大笑，就连坐在茶肆另一头的一个中年文士听后，都不禁莞尔一笑，笑声虽轻，但还是传到了老顾等人的耳朵里。三人悚然一惊，脸色陡然一变。原来老顾、大华、小秋他们交谈时已将声音压得极低，就算是坐在左近之人，亦是无法听清。而那个中年文士，虽远远地坐在茶肆另一头，但从他脸上神情来看，显然已将他们的谈话听了个一清二楚，这种耳力，绝不是一般人所能为。

老顾在三人中年纪最大，较为老成持重，心下疑虑不定，起身拱手道："这位大爷请了，恕老汉眼拙，敢问您是姓薛还是姓张？"

那中年文士四五十岁年纪，中等身材，身着一件青绸面长袍，衣履鲜洁，颏下五绺长须，风度端凝，形象十分俊雅，他见老顾和他说话，也站起来还礼道："我不姓薛也不姓张，昨天才来到贵宝地，方才失礼了，尚请原宥。"

老顾见他说得客气，也不好再追问什么，看了他两眼，半信半疑地坐下。茶肆的小伙计阿丁刚好从外面回来，一眼就看到那个中年文士，"咦"了一声，说道："这不是昨天在冯胖子家酒店门口写字的那个大爷吗？"

第二十四章　书法刀法

中年文士笑道："不错，昨天想起一位故人，不知不觉多喝了几杯，倒是叫这位小哥见笑了！"

阿丁噢了一声，点了点头又摇了摇头，嘻嘻嘻地笑了几声，低着头走开了。

走过小秋身边时，被他一把拉住，问道："阿丁你这个小鬼，你又识得什么字了？嘻嘻嘻地笑什么？"

阿丁狡黠地眨了眨眼睛，说道："我笑了吗？没有啊，我笑了吗？嘻嘻！"

小秋索性站起来，扯住阿丁道："还说没笑？你这不是笑了吗？快说，你知道什么？"

两人正自拉扯不下，那中年文士冲着阿丁招了招手，说道："小哥你过来。"

阿丁挣开小秋，三两步来到文士身边，点头哈腰地道："要开壶啊，您老？"

文士自怀中取出一小块银子，递给阿丁，说道："我初来乍到，却与那三位一见如故，今天他们的茶钱，通通算到我的账上，剩下的，给你买酒喝。不过有一样，他们问什么，你若知道，直说就是，不必吞吞吐吐的。"

这茶肆乃是小本经营，阿丁做了这么些年伙计，向来就只摸过铜板，这样一块底白细深、边上起霜儿、实实在在的九八色纹银，正经也没见过几回，喜得他眉开眼笑，连忙接过银子，打躬儿道："唉呀呀，大爷您出手真是阔气，怪道我一见您就是与众不同……"

老刘等人打心眼里看不起阿丁谄媚的模样，从鼻孔里出来的只有凉气。那中年文士耐着性子听阿丁说了一大篇，才问道："你只告诉我，昨天我写的那字怎样了？"

阿丁抹了抹嘴角边的唾沫，说道："原来是这事，您老……昨天您走后，就来了一个半大不小的年轻后生，看着倒是眉清目秀，就是一身衣服破破烂烂，不知道多少时候没洗了。本来我们这东大街上，这种人时不时地也常见到，怪就怪在他不要吃的也不要喝的，偏偏看上了大爷您留的那幅字！"

老顾等三人咦了一声，六只眼睛一齐看了过来，阿丁看了他们一眼，继续说道："这小子第一次经过冯胖子家酒店门口，瞥了一眼大爷您写的那些字，哼哼两声就走开了。过了一会儿，这小子又路过那里，这回他倒是多看了两眼，还点了点头。又过了一个时辰，大家都以为他不会再来了，冯胖子正想叫人抹上灰盖掉，这小子就气喘吁吁地跑来，央求着要再看一会儿。谁知他这一看就没完没了，末了干脆一屁股坐在街面上，两眼发直，盯着那些字一看就是几个时辰。我想着店里还有生意，就急急忙忙回来了，这当口只怕他还在那里傻看呢！"

大华一拍桌子，大叫一声："果然是这样，定是中了邪！"

小秋吓了一跳，转头问道："中邪！中什么邪！"

大华用左手摸了摸颔下的胡茬，说道："最邪门的那种邪！昨天，我好好地在路上走，不知怎的，莫名其妙就跟一个卖梨的老头打了一架……"

老顾插话道："莫名其妙？我看是你犯了老毛病，又想白吃人家的东西吧！"

大华涨红了脸，兀自辩解道："呸，他的梨不好，难道不许我还还价？"老顾知道他的为人，笑笑不语。

大华继续说道："我这拳头，一拳下去，就连恶狗也抵受不住的。可说也奇怪，昨天我分明一拳打在那老头的肚子上，但就好像是打在一团棉花里，软绵绵的一点儿劲也用不上，想拔也拔不出来，你们看……"说着，把一直放在桌子下面的右手举了起来。众人一看，他的一只手掌肿得老高，紫红紫红的，这一天来所受的苦楚可想而知。

老顾说道："这不是撞邪，你是遇上了江湖中的武学高手，能留得一条性命在，已经算是福大命大的了！"

大华把右手放回桌子底下，心下默然。原来他昨天一拳打出，已知不妙，那卖梨叟的肚皮越夹越紧，大华痛得几乎要昏死过去。情急之下，大华想起他在街头巷尾厮混时的规矩，忍痛大喊两声："爸爸饶命！"那卖梨叟一笑，松开肚子，负梨而去，大华这才捡回一条命，倒不纯是他命大的缘故。

小秋在一旁拍手笑道："活该活该，叫你以后还敢欺负人！"大华双眉一挑，就想发作，但转念一想，实情就是如此，只好叹息一声，低下头不说话了。

他们三人说话间，那中年文士把伙计阿丁叫到身边，低语了几句，阿丁得了他的好处，欢天喜地地去了。

过不多时，阿丁从门外领进一个年轻人，径直来到中年文士桌前，说道："大爷，我把他带来了。今天运气倒是很好，我到的时候，冯胖子正要赶他走，我花了好大工夫，才把他给带来了。"

文士又掏出一些钱交给阿丁，说道："如此有劳小哥了，烦请再上两碟点心、一壶清茶。"接着转头对着年轻人说道："小兄弟请勿介意，请坐下谈谈，可以吗？"

那年轻人并不坐下，上下打量了他一番，说道："先生呼唤，不知有何见教。"

中年文士捻须微笑，并不答话，恰好阿丁端着茶点过来，一边把吃食摆上桌面，一边说道："原来客人还不知道，你今天看了一整天的那幅字，就是这位大爷留下的。"

那年轻人瞪大了眼睛，大感奇怪，过了半晌，才缓缓地坐倒在椅子上。那文士也在他对面落座，斟上两杯茶，自饮了一杯，说道："小兄弟见笑了，你也喜欢钟王碑帖么？"

年轻人摇头道："先生的字自是极好的，可惜遇上了我，简直就是对牛弹琴。实不相瞒，您写的字，十个中我不过勉强认得三四个而已。"

文士噢了一声，疑道："那你为何……"

那年轻人说道："我不过觉得，先生所书的这五十六个字中，似乎蕴藏着一套极高明的刀法。"

文士双眉一轩，眼眸中的精光一闪即逝，点头道："许多年前，我有一位故人擅使一套极精妙的刀法，过去我就常常与他切磋，当真是受益匪浅。昨天我多饮了几杯，想起这位故人，不知不觉在书法中融入了这套刀法。小兄弟，你究竟是何门何派，竟认得这套刀法？"

那年轻人道："我姓叶名枫，是临海县括苍派的第五弟子。先生上下如何称呼，可方便告知吗？"

中年文士笑道："有什么不方便的，我自姓卫，名比伯，在江湖上稍有薄名，江湖中人多有识得我这三个字的。"

叶枫呼地站起身来，几乎把茶壶都打翻了，颤声道："你、你就是魔……魔……"

那叫卫比伯的文士微微点头道："不错，就是我，你害怕了吗？"

叶枫摇摇头，重新坐回凳子上，心中想道："数日前，我曾和你女儿一同出生入死，几乎死在一个谁都不知道的山洞里。如果我告诉你这些，你会害怕吗？"口中说道："你难道不怕我说出去？"

卫比伯笑道："大丈夫意气相投，遂成莫逆。再说，我还有事相询，如果不告知真实姓名，恐怕多有不便。"

叶枫这几天以来，颠沛流离，有一顿没一顿的，从未吃过一餐饱

饭。这时看着桌上摆着的那些软糕、甜饼等，清香扑鼻而来，禁不住咽了一口口水，低声说道："卫教主，有一件事很不好意思，我从昨日起就粒米未进，此时肚子里还是空的。"

卫比伯笑道："请自便，不必拘束。"说罢低头喝茶，不再言语。

叶枫也就不再客气，将桌上的一应点心吃了个精光，又将一壶茶咕嘟咕嘟喝了个底朝天，吃喝完毕，精神为之一振，抹了抹嘴巴说道："卫教主，我既吃了你的东西，受恩不报非君子，但有吩咐，只好直言相告，绝不欺瞒。"

第二十五章　与魔同行

卫比伯说道："好，我果然没有看错人。不过现在我要去一个地方，如果你不嫌弃，就与我一起去，我们边走边谈。"卫比伯身为明教教主，名满天下，说话间语气之中自然而然地就带着一种威势，叫人不得不从。

叶枫听他相邀，当即站起身来，说道："好。"两人同老顾、阿丁等人拱手道别，出了店门，扬长而去。

阿丁跟了出去，见两人一路向东，似乎要出城而去。大华在他身后说道："这二人面生得很，不知是哪条道上的？"阿丁回过头来，说道："管他是哪条道上的，只要他们肯在我这里花银子，就算是魔教教主亲来，我也不怕！"

……

两人出了东门，卫比伯越走越快，最后竟似是脚不点地一般，疾趋而前，虽然速度极快，但看上去却犹如闲庭信步一般，步伐中浑没半分霸气，片刻间就将叶枫远远地抛在了后面。

叶枫虽得林孤桐授以《柴刀刀法》，但两人相聚时间不长，并未得到详加指点，几乎只能靠自身领悟，因此所学毕竟有限。之所以能在愚公谷树林中一招逼退花赛李、马青龙，在密洞中力克商横王、宫长张，独斗穆易杨，一是倚仗着昃阳刀无坚不摧，再者也是沾了出其不意的光。若是讲论真实功力，柴刀刀法虽然精妙，但仍是及不上花赛李、商横王等在本门功夫浸淫数十年的深厚功力，尤其在轻功上更是万万不及，因此卫比伯稍一施展，就立时现出了天壤之别。

卫比伯在路边歇了好一阵子，叶枫才气喘吁吁地赶到，只见他双手叉腰，大口大口地喘着粗气，过了好一会儿，才能说出话来："卫教主，我的轻功浅薄之至，实在是叫你笑掉了大牙。"

卫比伯道："轻功差可以再练，难得的是有没有这份悟性，来，我们再来比画比画刀法。"说着，俯身从地上捡起两根树枝，将较长较粗的一根递给叶枫，笑道："我们不用真刀真剑，这样不至于伤了对方。"

叶枫知道自己与他差得太远，正想拒绝，但一看到卫比伯温和的眼神，突然间很想和这位众人口中的大魔头较量一番，遂伸手接过了树枝，脑海中忽地闪过昊阳刀掉进深潭的情景，心中一阵难过。

卫比伯自然不知道叶枫在想些什么，说道："请进招吧！"

叶枫点点头，一招"跟住不放"，树枝斜斜地向他的左肩削去。卫比伯看得分明，叫了一声"好"，将树枝交到左手，径直向着叶枫的右肋抹去，叶枫不待这招用老，顺势将树枝从下往上撩起，还了一招"撞进怀里"……两人一来一去，霎时间拆了十余招。

十余招后，叶枫只觉出手越来越沉重，手中的"刀"好像陷入了一团乱麻之中，拼命地左冲右突，却怎样都挣脱不开。叶枫心知自己武功与他相差太远，再斗下去也是有败无胜，索性将树枝抛在地上，一躬到地，说道："卫教主的刀法精妙至斯，我今日方知人外有人，天外有天。"言语中虔诚之至，绝不似作伪。他自学成《柴刀刀法》以来，屡败强敌，心中已渐渐地有了一些骄矜之气，今日与卫比伯交手后，才知道自己距离一流高手还差着老大一截，自此以后，方才有所收敛。

卫比伯微笑道："你能这样想，那就是极好的了。嗯……这套刀法，要旨就在于古拙浑厚，但你运用之际，有时会不自觉地标新立异，加入一些新鲜的想法，自身武功的底子太明显，反而使刀法中原有的大威力发挥不出来，比如说这一招……"说着顺手比划，将每一招的不足与关窍之处一一详加指点。

叶枫自学成《柴刀刀法》以来，心中一直存着许多的疑问难以索解，进境着实有限，因此今日在明州城街头，偶然地看到卫比伯留下的那些字，也要细细地看上半天，从每个字的间架、笔致中体会《柴刀刀法》的奥秘。看了半日，已是大有益处，但怎及得上卫比伯一招一式、抽丝剥茧般地解说明白？卫比伯虽不擅刀法，但眼光还在，几乎每一句话都说在了攻防之际的关键之处。叶枫越听越是觉得豁然开朗，喜不自胜，慢慢地就有些将十二路刀法融会贯通之感。

两人边走边谈，时而停下来比画几招。有时讲到艰深之处，叶枫索性席地而坐，低首蹙眉，苦苦思索，一旦想通，就又忍不住手舞足蹈、眼笑眉飞。有一次他想道："我与他正邪有别，他为何肯以他一生才学，悉心教我？难道不怕我反过来害他吗？"一愣神间，就有好几句话听而不闻，匆匆溜走，叶枫赫然惊醒，急忙凝神静听，再也不敢胡思乱想了。

就这样不知过了多久，卫比伯这才将十二路刀法一一解说明白，叶枫此时心中的感激之情，难以言说，原以为卫比伯接下来定要问他刀法的来历，谁知只听他淡淡地说道："我对刀法所知有限，差不多全都告诉你了，咱们这就走吧。"说着，负着双手飘然而行，绝口不问叶枫是如何得到这路刀法的。

两人默默地走了一程，倒是叶枫按捺不住，抢上几步，对卫比伯说道："卫教主，你怎么不问我是怎么得到这路刀法的？"

卫比伯停下脚步，凝望着叶枫，说道："正要请教。"

叶枫听到这句话，暗中松了口气，心中像是一块石头落了地，将自己如何回到括苍山，如何被林孤桐掳去，他又如何在狱中传授自己刀法，粗略地说了一遍。本来只想说到这里，谁知开了个头，后面的就不知不觉、源源不断地接了下去。到了后来，就连自己与卫心如一同跌落山崖，在密洞中发现易天星教主的遗骸与遗书等事，也吞吞吐吐地说了。虽是长话短说，除了《木纹经》外，其余大小事项，却也并不隐瞒。

卫比伯一言不发，静听叶枫说话，脸上的表情始终镇定如恒，只是在听到易天星教主与卫心如之事时，骨肉连心，多看了叶枫几眼，显得甚为关切。待叶枫一讲完，他就说道："小兄弟，你这一番遭遇可谓奇矣！只是心如她现在何处？我甚是挂念。"

叶枫叹了口气，说道："实不相瞒，离开愚公谷之后，我就想回括苍山去，卫小姐不知何故，与我争执了几句，就不知去向。我见明州城就在左近，心想不管她要去哪里，总要来城里打尖住店寻脚力，因此就在城内四处乱逛，到今天已经是第三天了。"

卫比伯知道女儿向来如此，只好无奈摇头，但想到她现在孤身一人，无人陪伴，心中不免十分牵挂。

且不说卫比伯和叶枫一路走一路交谈，只说离他们不远的一处大宅内，早已乱成了一锅粥。这座庄院是三埭院堂四埭厅的格局，白墙乌门，构筑宏伟，大门正上方高悬着一块泥金黑匾，上面写着"鹏程镖局"四个大字。

进得院门，就是一个宽大轩豁的演武场，沙包、箭靶、石锁、石鼓等放得满地都是。演武场后是大门，走过檐廊，就是镖局的前堂，此时堂内灯火通明，十数人或坐或站，正自相持不下。

第二十六章　蓝布包裹

　　只见一个官员模样的人说道："老弟啊，不是我不想帮你，只是这件事干系非小，那可是当朝左仆射蔡大人指定要的东西，原是要在今年太后寿诞之日，进献给圣上和太后的。我是看你平时为人倒也谨慎，这才着你小心护送，倘若你能办好这件事情，也可以在大人面前，谋个进身之阶。哪知道你……唉，反正左相大人的脾气你是知道的，现今相府的人就在我家里，我在他面前说了许多的好话，银子流水价地使出去，好容易才说动了他，再宽限你三日。今天可是最后一天，亥时之前，再看不到东西的话，你就自己看着办吧！"

　　坐在他对面的一人，满面愁容，正是梅花拳掌门人、鹏程镖局总镖头上官鹏。只见他头发蓬松、眼带血丝，显然已是有些天未曾合眼，他沙哑着嗓子说道："多谢老父母为我居间说项，一应用度，自是我来承担，绝不敢叫大人破费。只是明州虽小，方圆也有几百里，谁知道那两个贱人跑到哪里去了，只求老父母慈悲则个，再宽限些时日……"

　　方才说话的明州知州事王申哼了一声，不耐烦地道："你倒是说的好不轻巧！什么叫再宽限些时日，太后的生辰，也是可以宽限的吗？"

　　上官鹏尚未开口，坐在他旁边的夫人就已经低声啜泣起来，边哭边说道："都是我不好，老爷，是我害了你，害了上官一家，如果我平时能对她好一些，她也不会和管家一同私奔，临走了还把这要命的东西给带走。呜呜呜，我们应该怎么办，老爷……"

上官鹏安慰道："夫人，你我夫妻同心，我又怎么会责怪你？你就不要再哭了，你越哭，我就越是心烦意乱。"

就在这时，从大门口传来一阵杂乱的脚步声，上官鹏和夫人同时站了起来，四只眼睛一齐望向门口。

从门口匆匆走进来几个人，领头的一个躯高身雄，浓眉巨眼，正是上官鹏的大徒弟钟屹。上官鹏走上两步，颤声问道："怎么样，找着了吗？"

钟屹看着师父面容枯黄、双颊深陷的模样，心中着实不忍，但终于还是摇了摇头，说道："四门都找过了，还是没找着小师娘和管家。"

语音刚落，从外面传来附近寺庙的鸣钟声，当当当当，已是亥时。

听到钟声，上官鹏脸色陡然一变，咬了咬牙，转身进到内室。等他出来时，手里已捧着一个小木箱，端端正正地放在王申身旁的几上，躬身作了一个长揖，说道："王大人，箱里装的是鹏程镖局和明州、越州的几处宅院、店铺，还有就是明州城外几百亩水田的地契、屋契，还有些银票等，共计不下二三十万两纹银。这已是我三十年来的全部积蓄，虽然补偿不了万一，也总算是有了一个交代，仅余乡下老宅瓦屋几间，给我老夫妻遮风避雨之用。从今以后，我与老妻砍柴种田，再也不过那种刀口上舔血的江湖勾当了。万望王大人看在我多年殷勤侍候的份上，放我们一条生路吧！"

王申打开箱子看了几眼，只见里面整整齐齐地码放着一沓沓田契、屋契、银票等，数量甚巨。他看着这些东西，眼中不禁灼然生光，过了好一会儿才恋恋不舍地将目光移开，又喝了两口茶，才缓缓说道："老弟你真是越老越糊涂了，蔡相公的脾气你是知道的，他老人家在皇上面前圣眷正隆，这小半个天下都是他的，还怎么看得上你的这些陈谷子烂芝麻的。你这样做，倒叫我十分为难了。"

上官鹏脸色暗沉了下来，闭上眼睛深深地叹了口气，缓缓地道：

"我明白，只要我活着一天，这箱子里的东西，你终究是不放心。"

王申瞪大了眼睛，慌忙道："你这是什么话来？这是什么话来？我还不是为了你们好！"

上官鹏仰头哈哈一笑，直笑得颏下那把胡须簌簌抖动，可两行老泪终于还是忍不住滚下了脸颊。他转过身，不欲让家人和弟子看到，快步走到墙边，取下上面悬挂着的一把长剑，唰的一声抽出，剑锋上精光四射，照在他的脸上忽明忽暗、阴晴不定。

上官夫人扑上去，握住上官鹏拿剑的手，泣道："老爷，你这是干嘛！"钟屹等弟子扑通扑通跪倒了一地，一声声呼唤师父，个个泣不成声。

王申在一旁不耐烦地道："上官掌门，相府的人还在等我回话呢！"

钟屹从地上猛地站起，牙齿咬得格格作响，作势就要扑上去。王申见他势如疯虎，也有些畏惧，身子不由自主地往后缩了缩。

上官鹏见状大手一挥，说道："钟屹，退下！王大人说得不错，我一人死，总好过全家一起死！"说罢将夫人搀扶到椅子上坐下，柔声安慰道："夫人，你我都是尝过苦滋味的人，再难的日子都不怕，玉儿这几年娇养惯了，经过这件事之后也正好可以让他历练历练，不然终究成不了气候。从此以后，夫人，你就把这可怜的孩子当作是自己亲生的吧！"上官夫人用手掩住口，只一个劲儿地点头，不敢大声哭出来。

上官鹏见夫人答应了，这才稍稍放宽了心，站直身子，仰面朝天，大叫一声："天不佑我！"横过宝剑，就要朝脖颈抹了下去。

正在这时，从门外匆匆跑来一人，一面跑一面喊："老爷！老爷！"上官鹏一怔，这一剑就没有割下去，再一看，原来是家中的一名唤作重生的老仆。

重生跑到上官鹏面前，气喘吁吁地道："老、老爷，有一个、一个客人，叫我把这个，东西，交、交给你。"说着把手中的一个蓝布包裹举了起来。

上官鹏苦笑道："重生，现在我不想见客，他若是想要钱，你就给他一些，让他走吧！"

重生咽了咽口水，喘了两口气，说道："不是的，老爷，这位客人说，无论如何，一定要让老爷您看一眼这个东西。"说着，将手中的包袱放在上官鹏身后的一张花梨木八仙桌上，垂手侍立。

上官鹏此时死志已决，只是摇头，重生又说道："老爷，我从老太爷起就在咱们家当奴才，算算年头，今年已经是第五十年了。老奴命好，老太爷、老爷从来没把我当作是一个奴才，今天，我知道家里就要不好了，老爷，就让我最后服侍你一次吧！"

上官鹏眼中含泪，点了点头，将包袱打开了一个角，往里面看了一眼。

第二十七章　两位恩公

只一眼，上官鹏手中宝剑就呛啷一声掉在地上，急忙转身双手握住重生的肩膀，急问道："那人呢，客人呢，他在哪里？"

重生见上官鹏高兴得满面堆欢，连胡须似乎都在根根翘动，也跟着喜道："还在外面呢，我这就叫他去！"说罢，喜滋滋地跑了出去。

上官鹏将八仙桌上的包袱小心翼翼地重新包好，双手捧起，恭恭敬敬地来到王申身边，放在他旁边的桌子上，说道："王大人请看。"

王申打开包袱一看，呼地站起身来，冲着上官鹏一拱手，说道："既是如此，在下便告辞了！"挥手让手下人拿起包裹，就要离开。

上官鹏说道："大人且慢。"一边说一边打开木箱从里面取出厚厚的一沓银票，送到王申面前，说道："这几日劳烦老父母了，些许薄敬，幸乞笑纳。"

王申笑道："老弟，你这是……唉，那在下就却之不恭，却之不恭了。"便示意手下人一并接下，又回过头来狠狠地看了那口小木箱几眼，这才匆匆告辞而去，回到府中，躺在床上翻来覆去地睡不着，叹了半夜的气。

王申离开后不一会儿，重生就领进两个人来。他们进来的时候，钟屹等梅花拳门下众弟子已经齐刷刷地跪在檐廊上迎候，在他们前面，上官鹏夫妇也是一躬到地，十分恭敬。进来的两个人急忙快走几步，迎上前去，扶起上官鹏夫妇，连称不敢。

上官鹏直起身来，还未开口，先自"咦"了一声，说道："这不是括苍派的叶枫世侄吗？"

叶枫说道："正是在下，见过上官掌门。"

上官鹏惊疑不定，将两人迎到前堂，分宾主坐下，下人献上茶后，上官鹏站起身来，朗声说道："梅花拳门今日遭逢大难，几乎家灭人亡，全赖两位恩公一力解救，先生之恩，铭佩五中。从今日起，本门自上官鹏以降，唯君所使，但有所命，自当一体凛遵，谁要是不从，就是犯了欺师灭祖的大罪，就再不是我梅花拳的弟子！"钟屹等弟子齐声说道："是！谨遵师父号令！"

与叶枫一同进来的卫比伯连忙站起来，连连拱手道："上官掌门言重了，在下一点儿区区微劳，何足挂齿，千万不可如此抬爱。"

上官鹏见他言语谦退，更加高兴，两人重新叙座，上官鹏说道："这位叶枫兄弟，与我是旧相识，老夫过去一时糊涂，做了不少对不住括苍派之事，如今你却以德报怨，救了我全家，真是令老夫汗颜无地了。"

叶枫说道："上官掌门有所不知，其实在进门前，我实不知这里就是您府上，救您的人是这位……这位先生，可不是我。"

上官鹏一怔，随即大拇指一竖，说道："叶世侄直言以告，足见大丈夫光明磊落，佩服佩服，只是不知恩公上下如何称呼，又怎么知道我家遭难之事？"

卫比伯一言不发，只是低头喝茶。上官鹏久历江湖之事，明白他的意思，当即叫众弟子统统散开，不留一人侍候。连上官夫人也敛衽为礼，进到内室去了，卫比伯与叶枫忙不迭地还礼。

待众人都走尽了，卫比伯才说道："贱名不足挂齿，却也不得不说，我姓卫名比伯，上官掌门请了！"

上官鹏忽地瞪大了眼睛，好半天才说得出话来："从今往后，梅花拳与贵教是友非敌，再无嫌隙。"

卫比伯笑道："上官掌门高谊，小弟敬谢了。掌门可还记得，愚公谷小树林中之事？"

上官鹏涨红了脸，说道："那天晚上，老夫意欲不利于贵教的三位弟子，卫教主倘若要取我性命，老夫自当亲手献上项上这颗狗头，绝不敢有丝毫怨怼。"

卫比伯说道："掌门言重了，那天晚上倘若不是上官掌门一力阻拦，小女恐怕早已是尸骨无存了。"

上官鹏呆了一呆，喃喃地道："原来那位姑娘竟然就是女公子，我险些闯下了弥天大祸。"

卫比伯说道："小女顽劣异常，定是在言语上冲撞了各位前辈，只是她母亲去世得早，我又溺爱得多了些，想到这里难免有些揪心不安。"上官鹏暗暗点头，想到自己的玉儿，心中叹息不已。

卫比伯又道："那天我在去往歙州的路上，偶然听到两个人的谈话，其中有提到本教的名号，因此便留上了心。这二人言语中对上官掌门颇有责怪之意，我耐心地听了半夜，总算听了个大概。正好这时明州分舵派人来报有两个人形迹可疑，我亲往查看，稍加逼问，他们就交出了那个东西。"

叶枫在一旁听着，心中想道："世间哪有这等巧事？定是他派人四处寻查，以明教的实力，要在几百里内找到两个人自然不是什么难事。原来你早已知道小树林中之事，幸好我说了实话，要不然当场就给戳破了牛皮。"

果然，上官鹏也在一旁说道："为了我的家事，让贵教的弟兄们受累了，老汉真是惭愧无地。敢问教主，那一对狗男女现在何处？"

卫比伯说道："掌门休怪，那夜我对他们说，你们两人中只要有一人肯挺身赴死，我就放了另外那人，这也是想试探一下他们之间的情意。谁知贵府管家竟是个卑鄙龌龊之徒，将全部过错都推到那女子身上，苦苦哀求我饶他一条狗命。那女子看似娇稚可怜，那时还能一言不发，甘心受戮。我见贵府管家人品如此低下，心想那女子倘若跟了他，今后不知还要吃多少苦、受多少罪，倒不如死了干净，于是便一掌毙了那个男的。"

上官鹏颤声问道："那小娴呢，她、她怎么样了？"

卫比伯继续说道："唉，我没有想到小夫人竟然如此刚烈，她趁我不备，自尽身亡了。临死前，她还托我转告掌门，说她再没脸见你，请你好好抚养孩子长大成人。"说着从袖中取出一个玉镯，放在桌上，叮当有声。

上官鹏拿起玉镯，轻轻地摩挲着，老眼中已是泪光莹然，模模糊糊中望去的，都是自己如夫人的身影，口中喃喃自语，又像是在对她说道："我不怪你，小娴，你怎么这么糊涂……"

过了好一会儿，上官鹏悲伤少抑，卫比伯和叶枫这才起身告辞道："此间大事已了，我们也该告辞了。"

上官鹏站起身来，说道："两位请留步，卫教主，我想带你见一个人，可以吗？"

第二十八章　一个故人

叶枫将头转向卫比伯，还在猜测他去是不去，卫比伯就已经爽快地说道："好，还请上官掌门带路。"

上官鹏说了一声"请"，走在前头引路，三人穿过一座座厅堂、花园、厢房、马厩，越走越深，道路也越来越狭窄。此时夜已深沉，四周一团漆黑，只有屋檐上的垂苏八角风灯依稀透露出些光亮。

叶枫走在最后，偷眼向左右望去，只见两边的朱楼高墙，黑簇簇地，逼仄着自己，作势要朝自己这边倾压下来。叶枫心中越发不安，拉了拉卫比伯的衣角，卫比伯并不回头，只将左手伸到背后，摇了几摇，示意无妨，叶枫这才稍稍宁定了心绪，快步跟在两人身后。

走了好一会儿，三人来到镖局西北面的一个角门前，门两边各有一间小小的耳房，这里是镖局极偏僻的一处所在，就是府里的家人，没事也极少经过这里。上官鹏走到西边的那间耳房前就停了下来，轻轻地拉开房门，走了进去，卫比伯和叶枫随即跟了进去。

房内地方甚小，一下子挤进三个人，几乎就连转身都很困难，靠墙放着一张床，帐子低垂，除此之外就是床边一张桌子，桌上一灯如豆，仅此而已。

上官鹏径直走到床前，一手拿起油灯，一手揭开帐子，轻声说道："卫教主，你请看，是否认得此人？"

叶枫从卫比伯身后望去，依稀看见床上躺着一人，身上盖着一条青布薄被，面目看不分明，上身从右肩到左胯都包着白布，布上还留着大块的血迹，有些地方的血已经变成黑色，看样子是受了很重的伤。

卫比伯跨上一步，双手握住了那人露在外面的手臂，激动得话音有些发颤，急促地说道："你是端木笔？是左使端木笔！"

床上躺着的那人听见有人喊他的名字，慢慢地睁开了眼睛，果然便是明教光明殿左使端木笔。他睁开眼后就看到教主赫然在身前，这一惊更甚于卫比伯之看到他，当即就要下地参拜，卫比伯轻轻将他按在床上，说道："左使静养要紧，不必多礼。"说罢转过身来，向着上官鹏恭恭敬敬地躬身作了一个长揖，说道："老掌门对左使有再造之恩，也就如同是我的再生父母一般，请受我一拜！"上官鹏连忙上前扶住了他，两人相视大笑，极为畅快。

原来上官鹏当日一气之下离开愚公谷小树林，走出几里地后终觉不妥，思前想后良久，一咬牙悄悄回到树林，想看看情况再说。谁知空地上早已空无一人，上官鹏转了一圈，发现断了一臂的端木笔气息奄奄，但还未断气。

上官鹏年轻时也是江湖上一个杀人不眨眼的角色，但近年来年岁渐长，特别是几年前有了玉儿之后，便常怀恻隐之心。那时他见到端木笔的样子，终觉不忍，将他救起，悄悄带回镖局，安置在一个安静的地方，派了可靠的家人悉心照顾，直至今日。

上官鹏简略将前事述说了一遍，卫比伯又再次称谢。端木笔受伤虽重，但鹏程镖局的外伤药甚是灵验，再加上他身子本就壮实，将养了这些日子，伤势就已好了大半，用一只手臂还能撑起半边身子，轻声说道："教主，属下有事禀告。"

上官鹏和叶枫不欲听闻他教中之事，正要离开，卫比伯伸手阻了一阻，说道："左使但说无妨。"

端木笔道："是，教主。这几日我自觉伤势好了许多，就请每天都来照顾我的那位弟兄帮我打听小姐的事，谁知小姐的事没打听到，倒是打听来另外一件事。从这里向东五十里有一个马家集，集上大大小小也住了二三百户人家。这几日，集外不知从哪里来了一伙强盗，三三两两的过往客商他们倒也不管，但只要是成群结队的，他们就拦下一个个相看过去，就连坐在轿子里的女子都要打开轿帘看上半天，看完后就让他们走路，一文不取，很是奇怪。不过今天，听说这些强盗和一伙人动上了手，对方死了几个，剩下的不知被带到什么地方去了。据相熟的人说，劫去的人中似乎有一人与临海括苍派的掌门夫人十分相似……"

叶枫一听几乎跳了起来，急忙问道："你说的是真的吗？"

端木笔一下说了许多话，有些上气不接下气，卫比伯当即踏上一步，轻轻握住他的左手。刹那之间，端木笔就觉得一股浑厚的内力自掌心透入，这股力道精纯醇正，在自己各处穴道间游走按摩，过不多时，体内的气息就渐渐宁定了下来，脸色也由白转红，渐复平常。

端木笔感激地对卫比伯说道："多谢教主。那个相熟的人说，其中有一个妇人，柳眉杏眼，衣着华贵，与括苍派的陆夫人竟有八九分相似，她身边还携着一个十七八岁的姑娘，样貌与陆夫人颇为相像……"

叶枫不等他说完，就匆匆对着上官鹏说道："上官掌门，烦请你借我一匹马可以吗？"

上官鹏说道："当然，快跟我来！"

叶枫和卫比伯、端木笔匆匆告别，两人一同走出了耳房。上官鹏一路走一路吩咐，等他们来到前天井时，那里早已备下两匹毛光如油的骏马，老家人重生站在一边，手里挽着马缰绳，静静地等候。

叶枫跨上马，上官鹏接过马缰绳递给他，说道："两匹马换骑，五十里地，片刻即到。"叶枫就在马上郑重谢了，调转马头，如风般向东驰去。

……

早间还是艳阳高照的晴天，到了午后，忽地一阵狂风骤起，阴云垂布，雨就这样淅淅沥沥地下起来了。

猛风惉雨中，居然还有人在不知疲倦地赶路，几匹马的蹄子重重地踏在马家集的街面上，四处飞溅的水花和泥点甩在街两边人家的门窗上，啪啪作响。集上的人家以为昨天的那帮强人又来了，一个个紧闭门户，大气也不敢喘一下，偶尔有好奇的小孩将窗户打开一条缝向外张望，立即便被大人喝了回来，少不得屁股上还着实挨了几下。

可就是那一眼，已经看见有四个骑马的人，两个黑衣黑帽，与昨日的强人一般装束，另外两个脸上包着厚厚的白布，电掣星驰般，霎时间出了马家集，向着几里外的一座石灰窑飞驰而去。

第二十九章　御前侍卫

那座石灰窑一共只有一大一小两间木屋相连，屋后紧靠着一条河流，屋前则是一马平川，尽收眼底，十余丈外有几棵苍郁的大树，树下早已有二十来人，似在躲雨，但目光仍不时地朝木屋看上几眼。

那四匹马冲风冒雨而来，来到树下"吁"的一声停了下来，四人跃下马背，那两个黑衣人走上前去，与其他人耳语了几句，另外两人站在一边，眼睛望向别处。

过不多时，树下那伙人中有一人越众而出，来到那两人身前，拱手道："马帮主、花师兄，能得两位襄助，这次大事必成。咦，两位这是怎么了？"那两人正是马青龙和花赛李，只见他们头上包着厚厚的白布，马青龙的左耳、花赛李的右耳处的白布上还留着鲜红的血渍，竟似被人割去一只耳朵的模样。

两人顿时面露尴尬之色，花赛李吞吞吐吐地道："唉，这终究不过是我俩的倒霉事罢了。那天在回歙州的路上，我与马帮主好端端地喝酒聊天，谁知到了半夜，不知怎的就遭了贼人的暗算……"

马青龙显然不欲多说此事，插话道："此事休再提起，请问阁下上下如何称呼？"

那人看到花、马二人的狼狈模样，心中暗暗好笑，但言语中丝毫不露声色，说道："在下姓余名忠臣，现下这帮兄弟暂由在下统御。

实不相瞒，我们乃是东京开封府殿前都指挥使帐下，此番出京，原是奉了左仆射蔡大人之命，追查一件重要的物事。"

马青龙和花赛李显然没有想到这些假扮强盗的黑衣人竟然是当今天子阶前的禁军侍卫，俱面露诧色。花赛李沉思片刻，犹豫道："不是我不相信你，只是这等性命攸关的大事，在下不得不小心一点儿。"

余忠臣微微一笑，从怀中掏出一个金灿灿的腰牌，递给花赛李，说道："两位请看。"

花赛李小心翼翼地接过腰牌，与马青龙凑近了仔细观看。只见那是一块黄铜铸成的牌子，牌子正中镶着一块拇指大小的玛瑙，翻过铜牌，上面刻着一行字："钦赐武功大夫殿前带御器械^①余忠臣。"

花赛李验看完毕，恭恭敬敬地将腰牌还给余忠臣，说道："花家自上代起，就为左相大人效过犬马之劳，如今既然是大人的事，花某人自当稍效微劳。余大人且请放心，只需我力之所及，无不从命。"

余忠臣满意地点点头，着实夸奖了几句，那边马青龙也说道："余大人，我们来时，这位宫长张宫兄，曾对我们言道，事成之后，就将《木纹经》交给我们观看一个月，不知这话，还作数么？"

余忠臣道："自然作数，想那《木纹经》，原也不是他括苍派之物，白白地被他们霸占了二十年，他们看也看得够了，我们怎么就不能来个顺水推舟、随手牵羊？"

三人一齐哈哈大笑起来，笑毕，余忠臣续道："既然两位都是自己人了，我就什么也不瞒着你们了，请来见一位新近加入的兄弟。"说着，将身一让，拉过一个人来，花、马二人一看，来的人原来是老相识，就是括苍派的大弟子唐铁泉。

马青龙道："唐师兄，你不是括苍派的弟子吗，怎么你也……"

唐铁泉赶忙说道："马帮主切不可再提括苍派三字，小弟如今已任从义郎一职。"说着，脸上露出得意之色，马青龙和花赛李忙道：

---

① 带御器械：宋代武官军职名，民间谓之"御前带刀护卫"。

"唐师兄弃暗投明，指日又要高升，可喜可贺。"

唐铁泉谦让了一番，马青龙问道："余大人，那些人现在何处？"

余忠臣朝河边那两间木屋努了努嘴，说道："括苍派人等现下都困在那间大木屋之中，已有几个时辰了。刚交手时有几个弟兄太过心急，露了马脚，没能一鼓聚歼，反而吃了一些亏，折了一人，还有几个弟兄受了点轻伤，好在都不妨事。但要说到用计让他们乖乖地走下括苍山，那就全是从义郎的功劳了。"说着，斜睨了唐铁泉一眼，只见他在一旁洋洋自得、喜溢眉梢，心中想："这个老粗竟无半点同门之谊，连师娘都要害，括苍派有这样的'大师兄'，焉能不败！"

余忠臣在心中看不起唐铁泉的为人，在他对面的那间大木屋之中，括苍派众弟子更是齐声痛骂。三弟子诸英豪粗声粗气地说道："咱们千不该、万不该，不该听大师哥的鬼话，说什么在山上就是等死，不如下山到他的庄子里暂避，那些黑衣人见山上无人，自然就散了。谁曾想如今咱们困在这里，逃又无处逃，打又打不过人家，等雨一停，咱们就是插上翅膀，怕是也飞不出去了。"

二弟子时秦中一边将屋中剩下的一些生石灰包成小包，一边抹去额头上的汗水，说道："三师弟莫说这种丧气话，屋中石灰还多，尽可支撑一阵，只要挨到天黑，咱们就一齐向外冲杀出去。三弟，你选几个武功好的师弟，护着师娘、师妹，出了门就向西疾奔，只要过了马家集，到了明州城，就有转圜的余地，大不了先躲个十天八天，等到外面没什么动静了，再缓缓地另作他图。"

原来在之前，他们与假扮强盗的黑衣人遭遇后，双方即动起手来，互有死伤，倒是括苍派这边损失更大些，四弟子徐仰从和另外两名弟子不幸身亡，还有多名弟子受了伤。其余众人且战且退，一直退到这间木屋之中。

幸好村民在此处烧制石灰，屋中还积有不少，时秦中灵机一动，让大家将石灰包在布中，掷出伤敌，再加上天空突降大雨，敌人一时倒还不敢过于逼近。如此苦苦支撑，已有数个时辰。

紧挨着时秦中坐的，是一个十八九岁的少女，明眸皓齿，果然与掌门夫人水清颇有几分相似，听时秦中说完，着急地道："二师哥，那你呢？"

时秦中没有回答，反问道："师妹，在咱们师兄弟中，谁的武功更加高些？"

陆青锋歪着头想了想，说道："你练功最勤，五师哥悟性最好，你们两个一般好。不，兴许是你更强些。"

时秦中道："不错，我入门最早，武功上又比你们好些，那引开敌人的任务，自是非我莫属了。你们出门后，我和其他弟子，点上松明、火把，却往东行，远远地将敌人引开，他们功夫虽好，却未必追得上我们。就算追上，他们见我们中间没有师娘，也没有师妹，定然感到索然无味，大呼上当，只好把我们放了，这就叫作乘兴而来，败兴而归，哈哈哈！"

但不管时秦中怎么说，陆青锋总是摇头道："二师哥，我已经长大了，你莫再像从前那般唬我。今天早上，我亲眼看见一个脸上有刀疤的黑衣人，只一眨眼，就窜到我们面前，只用了一招，就将四师哥打翻在地。这种轻功，怎么会追不上你们？他们找不到我娘和我，又怎么会轻易放过你们？多半要将你们尽数杀了。娘，你不要叫二师哥他们去送死，好不好？"说到最后，话声中已带着哭音。

她叫"娘"的那个人，就是括苍派故掌门陆改樵的夫人水清，只见她靠墙而坐，一脸疲惫，身边坐着一些年轻的女弟子。其中年纪最幼者，名叫宋瑛，已伏在她的膝头，沉沉睡去。

水清低头看着宋瑛睡态可掬的模样，叹道："秦中，我看那伙人的模样，并不像普通的盗贼，多半不会上你的当，你们这一去，除了白白地送死，亦是于事无补。只消到得晚间，我们每人身边多带些石灰包，一齐冲杀出去，他们再厉害，总不能将我们统统赶尽杀绝，只要不死，兴许有一天还有相见之日。你们师父生前收的五个大弟子中，铁泉不消说了，仰从战死，枫儿又下落不明，眼前就只剩下你和英豪。天见可怜，不要叫我们括苍派今日尽数覆灭，只要有一二人活着，本派就还有复兴之望。本来大家一起轰轰烈烈地战死，倒也无妨，只是我这心里，却怎么也放不下青锋和瑛儿……"说着，用手轻抚宋瑛的头发，眼中不觉掉下泪来。

宋瑛在睡梦中听到有人叫她的名字，猛地惊醒过来，睡眼惺忪地问道："师娘，恶人打跑了吗？"

水清柔声道："是，恶人都已经跑了，你再睡一会儿吧，没有人再来打我们了。"

宋瑛嗯了一声，又伏在水清的膝上甜甜睡去，梦中还在喃喃自语道："师娘，我们可以回家了吗？我好想家……"四周的弟子听了师娘和宋瑛的一番话，唏嘘不已，胆小的更是气沮神伤，仿佛马上就要大祸临头一般。

时秦中见好不容易鼓舞起来的士气又低沉了下去，更加心烦不已，心中想道："无论如何，我都要保全师娘和师妹的性命，其他的师弟师妹，就顾不得这许多了，兴许他们命大也未可知……"想到这里，手中包起石灰包的速度更加快了。

这时，守在窗口的弟子童炎忽然叫了起来："二师哥，你快来看，有人来了！"

第三十章　物归原主

时秦中闻言，急忙来到窗前，果然远远地看见有一人一骑，在敌人的阵营中左冲右突。侍卫们大呼小叫，但似乎谁都不愿意出力搏杀，马刚到眼前，就发出一声高喊，四散逃开去了。只一会儿，那匹马就突出重围，径直朝着大木屋的方向奔来。

那匹马越奔越近，时秦中又看了一会儿，突然眼睛一亮，叫道："快开门！快开门！"转身来到水清身前，兴奋地道："师娘，你猜是谁回来了？是五弟，五弟他回来了！"

此言一出，木屋中顿时群情耸动，守门的弟子将屋门打开，大家簇拥着水清刚来到门前，就从外面骨碌碌滚进一个人来，待他站直身子，大家定睛一看，果然是已失踪多日的五弟子叶枫。

叶枫看见水清，禁不住泪如泉涌，扑通一声跪在她面前，哽咽道："师娘，弟子不孝，让您受苦了！"但当他抬起头来，就觉得师娘脸上的神情有些异样，再看其他弟子，个个面目木然、神情寒肃，就连从前最爱与他打闹的陆青锋，这时也是远远地看着，时不时地冲他眨眨眼睛，嘴角眉梢流露出一丝狡黠的神情。

叶枫正不明所以，就听水清沉着脸说道："枫儿，你跟我来！"说着，转身就走，叶枫疑惑不已，紧跟着她，两人一前一后，来到稍小的那间木屋中。

这间小木屋原是制石灰的村民日常起居之处，没有积放石灰，屋角有土灶，灶中燃着火，除此之外屋中倒还整洁，与大木屋有小门相通。

水清进屋后，找了一张长凳坐下，叶枫随即跟了进来，顺手带上了小门，垂手站在水清身侧，静候她发落。

水清上下打量了叶枫一番，开口说道："枫儿，眼下你还是我的弟子，但倘若你有一句不实之言，从今以后，就不要再叫我师娘了！"

叶枫见师娘气恼，心中越发惊悸，双膝一软，跪倒在水清面前，连声说道："弟子怎敢欺瞒师娘？如果弟子在外面做了什么对不起师门之事，请师娘现在就把弟子打死！"

水清脸色稍霁，温言道："我从小把你养大，自然不相信你是他们说的那种人。但现在江湖上人人都说，你和魔教中的重要人物过从甚密，还有人说曾亲眼看到你衣冠不整，和魔教教主的女儿在一起，形如禽兽一般，究竟有没有这回事？"说罢，一双眼睛直勾勾地盯着叶枫的脸，只盼从他嘴里吐出"没有"这两个字。

谁知叶枫低着头，一言不发，犹豫了一下，终于还是点了点头，满面羞愧之色，竟是直承此事。

水清大怒，呼地站起身来，将右手高高举起，作势就要朝叶枫的天灵盖拍击下去。叶枫仍是直挺挺地跪着，闭目待死。水清几次三番想使这招"千灵碎裂"，但一看到叶枫的脸，脑海中就浮现出当年临海县的那个蓬头垢面的小乞丐，正用黑乎乎的小手，抹去鼻子下面两管浓浓的鼻涕，仰着脸，不服气地说道："我不叫小乞丐，我叫叶枫！"

一想到这里，水清的心就不由自主地软了下来，呆了半晌，终于长叹一声，坐倒在椅子上，颓然道："你这几天都去了哪里，做了什么，如何与魔教中人结交，一五一十，说给我听，不许有半点隐瞒。"

叶枫睁开眼睛，答应了一声，将这几天的经过，简短地说了一遍。水清在一旁静听，时而秀眉微蹙，时而低头沉思，始终未发一

第三十章　物归原主

127

言。待叶枫讲完，她才吁了一口气，说道："原来当日在括苍山掳走你之人，就是二师哥，他原本就是师父最得意的弟子，这次《木纹经》落入他的手中，也算得上是物归原主了。"

叶枫道："师娘，《木纹经》在我这里。"

水清奇道："什么？"

叶枫从怀中取出《木纹经》，双手递给了水清，水清轻抚上面的镂空字雕，像是在自言自语地道："他自然是已经记得熟了，或者干脆抄录了副本，才将它归还给我。这么多年来，他日日夜夜惦记的就是这部《木纹经》，一旦到手，岂有不练之理？枫儿，《木纹经》在你手里这么多天，你老实说，有没有私底下悄悄地练过它？"

叶枫低头道："有的，师娘。在山洞养伤之时，长日无聊，摸到几个字，不知不觉就练了起来。但刚一起始，就有许多不通之处，越想就越是觉得内息混乱，所以以后再没练过。师娘，师叔他……"说到这里，似觉不妥，看了水清一眼。

水清明白他的心思，淡淡地道："二师哥和你师父历来有隙，但他终归还是你师叔，但说无妨，你师叔他说了什么？"

叶枫这才继续说道："师叔说《木纹经》不可轻易修炼，尤其不适合女子修习。"

水清眉头蹙起，不解地道："这些话师父早就对我们说过，那个时候你师叔也在，怎么还多此一举，当真令人费解。"

叶枫疑惑地道："师娘，这是怎么一回事？"

水清叹了口气，说道："二十年前，我与你师父、师叔同在大侠金臂童门下练武习文，临出谷之时，师父将《玄修功》——那时还叫《木纹经》——传给了你师父，但要我立下重誓，终生不得观看《木纹经》一个字。因此这么多年来，虽然《木纹经》时时刻刻都在你师父手中，但是我从来都没有看过，以后自然也不会看。"

叶枫忍不住问道："师娘，师祖他老人家为什么要这么做？"

水清挥手让叶枫站了起来，说道："你起来说话，跪久了膝盖疼。

从你说的来看，其实你倒也并无重大过错，只是对人常常不分好歹，只凭自己喜恶，不过你向来如此，我也不来怪你，以后注意些就是了。"叶枫心中感激，说了一声："是，师娘教训得是。"

水清继续说道："师父这样做也是为了我好，《木纹经》向来就只练阳维、阳跷两脉，女子是阴柔之身，练之不仅无用，反倒有极大的害处。而且我自小身子就弱，不适合习武，因此连柴刀刀法都未蒙传授，更别提这《木纹经》了。"

叶枫轻轻点头，忽然之间像是想起了什么事，笑着说道："师娘，师祖这番话虽是对你们三个人说的，但师叔那时已是伤心绝望、神志昏愦，那是什么话也听不进去的了。"

水清一怔，立时明白了他的意思，顿时飞红了脸，低下头去。当年林孤桐对她情缘牵缠，她岂能不知？只是师父突然改变主意，将她许配给大师兄，她虽不解其意，但师父对她恩义如天，却也不能不从。生下女儿之后，更是专心一致相夫教女，早将当年的情事抛在一边。今番被叶枫猛地一提及，就又有些心绪复炽，思绪早已飞回到多年前，日长风静的愚公谷，师兄妹三人一起练武习文，嬉戏打闹的光景……

小木屋中一时静寂无声，过了好一会儿，水清才说道："枫儿，你用柴刀刀法，能打发得了外面那一帮子人吗？"

叶枫没想到师娘会有此一问，想了想，说道："就算不敌，也尽可一试，大不了同归于尽，总强过坐以待毙吧！"

水清摇摇头，说道："要死还不容易吗？只是你师父创派不易，但凡有一线生机，我总不能叫括苍派这三个字在江湖上湮没无闻。枫儿，现在我有一件极重大之事要吩咐你去做。"

第三十一章　木纹真经

叶枫听师娘说得郑重，心中一凛，只听水清说道："你既已学会柴刀刀法，现下我便将《木纹经》一并传给你，你能学多少就学多少，但愿这《木纹经》能像传说中那般神奇，那么括苍一派兴许还有延续之望，最不济你也可以将经文记得熟了，总强过落入恶人之手。"

叶枫大吃一惊，说道："师娘，二师哥他们都还不会，我怎么可以……"

水清说道："原本秦中也是可以的，只是他不曾学过柴刀刀法，悟性也不如你。坦白讲，你在学习武功之时，不像其他师兄弟那样认真，总是马马虎虎、不求甚解，这是我不喜欢的。但你师父讲的刀法口诀，别人只能听懂三四成，你却能领悟到六七成，因此进境倒比他们更加快些。现在强敌环伺，我也别无他法，只得尽力一试。"说着，将《木纹经》递给叶枫。

叶枫心中惴惴，只得伸手接过，水清果然一字不看，站起来走到一边去了。

叶枫捧着《木纹经》，看着上面镌刻着的一千余个小小的字迹，心下茫然，只得再从"下冲谷道，上托玉楼，或立或坐，吸气于喉"这行字读起。谁知刚读了几遍，就仿佛着了魔魇一般，不由自主地又在想"究竟该降至气穴，还是要下冲谷道"，越想越是觉得心烦意乱，勉强提了几次内息，就觉得胸腹间一阵阵血气翻涌，过不多时，终于忍不住呕出一口鲜血，扑通一声栽倒在地。

水清在一旁看着叶枫脸色一会儿红一会儿青，全身上下颤抖不止，显然是在极力忍受痛苦，心中已隐隐觉得不妥，后来见他吐血倒地，更加难受至极，急忙抢上几步，扶起叶枫，说道："枫儿，算了……唉，真是天命所归，无可奈何！"

叶枫迷迷糊糊中听见水清说道"天命所归，无可奈何"这几个字，忽地记起愚公谷密洞中易天星身下的那一行字，随口吟了出来："经本无经，经中有经，天也命也，复何如焉！"

水清一怔，问道："你说什么？"叶枫呕血之后，神志反而清醒了一些，就将在愚公谷山洞中发现明教前教主易天星，以及在他身下发现字迹一事说了一遍。

水清听后，蹙眉不语，口中反复念着这句话，将手中的《木纹经》翻来覆去地看个不停，忽然一咬牙，发狠把《木纹经》朝地下摔去。

叶枫吃了一惊，从地下一跃而起，抢上几步，但已然不及，《木纹经》与坚硬的地面一撞，立即碎成几片，不成形状，但却从中间飘落出一张薄薄的绢帛。水清俯身拾起那片绢帛，交到叶枫手中，说道："你看看有什么不同之处？"

叶枫还未回过神来，茫然接过来看了看，一会儿摇摇头，一会儿点点头，说道："没什么不同啊，这里写的'降有降所，俞口气路'就与原先的一模一样，'劲必先松而后紧'也是一样的……不对，怎么会这样？"

叶枫将绢帛凑近了再看，喜道："不是'下冲谷道'，这里写的是'下收谷道'，'上托玉楼'变成了'上提玉楼'。这里还有……这下通了，通了！这个才是真正的《木纹经》！师娘，你是怎么知道的？"

水清笑笑，并不言语，她又哪里知道了？只不过她自小并不喜武，丈夫又是因修炼《木纹经》而死，因此在内心深处对这部经书并不看重，相反还有些厌恶之感，就算真的毁了它，也并不感到十分心痛，但没有想到错有错招，竟然一举成功。

在她之前得到这部经书的武林高手原也不在少数，尽管他们几乎个个都是才智犀利之士，武功见识无不比水清高过百倍。但无论是谁，只要一得到经书，无不爱逾珍宝，绝不敢教损坏了半分，因此这个"经中有经"的秘密流传了不知多少年，始终无人破解。再加上经文是刻在一整块檀木板上，木板与经文浑然天成，光洁如镜，连一丝细小的裂痕都没有，任谁都绝对无法想到里面竟然还能装得下东西。绢帛虽然薄如蝉翼，但毕竟还是有形有质的东西，究竟它是怎样加到檀木板中去的，除了当初制经之人，时至今日，世间再无一人知晓。

叶枫捧着经文，渐渐地看得入了神，水清在一旁提醒道："能练就练，倘若觉得真气散乱、丹田无力，便应立即停止，不可再练，只需硬生生地将经文全部记熟，也就是了。"

叶枫答应了一声，专心一致地记诵经文，好在经文不长，他记性又好，念了十来遍，就已经记得一字不差，几乎倒着都能背了，才将绢帛交给水清。水清将那块刻有假经文的檀木板投入屋中炉火，看着它片刻就被燃成了灰烬，那片绢帛，她思之再三，终于还是不忍毁去，只将它密密层层地叠好，藏入怀中。

叶枫盘膝坐下，将那一句"下收谷道，上提玉楼。或立或坐，吸气于喉"反复诵读几遍，再按照经文所示，将真气自"阳交"而"肩井"，盘旋往复，绕了几个弯，从左腹到喉间，再至头顶，慢慢地消失。真气每运行一周，便觉得周身舒泰了许多，宛如飘飘欲仙一般。他现在还不知道，像这样小周天搬运一周，对他的内功修行，已有极大的助益。

就这样不知过了多久，等到他再睁开眼睛的时候，就看见童炎正在他的面前，焦急地踱来踱去。叶枫茫然问道："童炎，你在这里做什么？"

童炎见叶枫终于清醒过来，喜不自胜地道："五师哥，你总算明白过来了，我叫了你好一会儿，师娘叫你快去呢！"

叶枫似乎听清了，又似乎什么都没有听到，自言自语地道："过去？嗯，是了，地仓过去到承泣，方能体合于心，心合于气，原来这样……咦，童炎，你怎么来了？"

童炎忍耐不住，拉起叶枫就走，一边走一边说道："什么呀，五师哥，师父回来了！"

第三十二章　一网打尽

叶枫这才回过神来，吃惊地道："你又在胡言乱语了，师父他不是已经……"

童炎道："所以这才是大喜呀！师父根本就没有死，现下正在那边屋中，和师娘他们说话呢！"

两人一阵风似的跑回大木屋中，果然看见大伙儿全都齐刷刷地站着，人群中间一个颀长挺拔的身影，仪表伟岸，五官端正，只是面目有些枯黄，左眼角乌青了一大片，嘴角有些血渍未曾擦净，衣裳数处破损，鞋子还丢了一只。水清正伏在他的肩头抽抽噎噎地哭个不停，陆青锋站在他们身后，也已红了眼圈，时秦中又是欢喜又是疲倦，紧紧挨着陆青锋。

叶枫分开众人，走上前去，说道："师父，您老人家安好……"刚说了一句，喉咙里就像塞住了什么东西，再也接不下去了。

括苍派掌门陆改樵也是情绪激动，好一会儿才宁定下来，说道："枫儿，你也来了，大家都在，那就好了，只可惜了仰从这个好孩子……铁泉逆徒，当初我真真是看走了眼！"

大家七嘴八舌地说了几句，诸英豪搬来两张凳子，请师父师娘坐。陆改樵拍了拍水清的背，先扶她坐下，自己也在另一张凳子上就坐，只是坐的时候左脚似乎有些不便。

水清好容易止住了哭泣，此刻心又悬了起来，关切地问道："师兄，你这腿是怎么了？"

陆改樵拍了拍左腿，脸上现出痛苦不堪的神情，说道："那日我跌下山崖，立时便失去了知觉，待醒过来时，已落在一群黑衣人手中。他们百般逼问我玄修功的下落，我自是抵死不说，后来他们无法，便将我暂时关押了起来。直到几日前，我隐隐约约地听说他们要来对付本派，心中焦急万分，好在他们忙于此事，疏于防备，我找了一个时机，杀了看守之人，抢了一匹马，连夜逃走，好不容易才寻到此地。木屋正面他们守护甚紧，几乎连只苍蝇都飞不进去，我只得从河中偷偷摸摸凫水而来，这才能见上你们一面。"

水清听说陆改樵吃了苦头，心中又是难过又是不忍，陆改樵安慰了几句，说道："你们可知道他们都是些什么人？"

大家皆说不知，陆改樵说道："我在他们手中之时，时时留心他们的谈话，听得多了，总有些蛛丝马迹流露出来。原来他们竟是东京大内的禁军侍卫，不知我们哪里得罪了他们，竟要如此苦苦相逼？"

大家听说黑衣人原来是御前侍卫，都倒吸了一口凉气，时秦中说道："师父、师娘，我们平时做事谨小慎微，断不至于得罪了这帮侍卫老爷们，我看他们倒像是有所图而来。"

陆改樵说道："不错，他们意在玄修功，这是显而易见的事。嘿嘿，其实这玄修功，也不是什么了不起的物事，为师练了它二十年，不但没有什么进益，有几次还差点要了我的命。这种东西，就算给了他们，依我看也没什么大不了的。"

水清说道："师兄，就算是这样，也断没有将师父留给我们的东西拱手相让之理。你这一来，倒是提醒了我，现在天色已晚，我们正面攻不出去，不如就趁着夜色，从屋后河中离开。不会水的弟子，可以扎个木筏，大家互相帮衬一下，我看倒是有六七成的胜算。这回敌人势大，我们只能悄悄地离开，日后再卷土重来，或者请武林中德高望重的前辈耆宿为我们主持公道，也不算是坠了我们括苍派的名声。

就算不幸在这河中溺毙，总算也留个全尸，总强过不战而降。"

众人听了师娘这一番话，俱点头称是，有几个性急的弟子已经开始动手拆下屋中门板、床板等物，准备扎木筏。

时秦中也说道："师父，天下虽大，但万事都抬不过一个'理'字，这次他们是突施偷袭，人数又比我们要多，何况我们已经抵抗了一天，可以说是虽败犹荣。不如就像师娘说的那样，咱们先悄悄地退去，过后再找他们算账也不迟。"

陆改樵还在犹豫，陆青锋从后面走上来，伏在他的膝上，说道："爹爹，你就听娘和二师哥的吧！"

陆改樵缓缓地将眼光从众人脸上一一扫过，无奈地点了点头，站起身来，说道："好吧，大家……"刚说了四个字，忽然身子一晃，似乎有些站立不稳。水清和陆青锋急忙扶住他，问道："你这是怎么了？"

陆改樵用手扶着额头，说道："没事，不知怎的有些昏沉沉的。"

他这一说不要紧，大家顿时也都感觉有些不对劲。这时就听"扑通"一声，年纪最小的宋瑛忽然倒在地上，人事不省，紧接着，扑通扑通之声不断，括苍派弟子一个接一个地栽倒在地。

水清扶起了这个又倒了那个，正慌乱间，就觉得眼前一张张原本熟悉的面孔不知怎的都变得模模糊糊起来，紧接着一阵头昏目眩袭来，她眼前一黑，就什么都不知道了……

……

过了许久，大木屋的门才被推开，余忠臣、商横王、穆易杨、宫长张、花赛李、马青龙等人鱼贯而入，余忠臣看着屋中晕倒的众人，说道："早知道这'东风吹倒人'这么管用，白天何必要花这偌大的功夫，还白白折损了几位弟兄。"

他转头看到花赛李、马青龙两人，一言不发，神色郁郁，一转念间便明白了他们的心思，笑道："马帮主、花师兄，今天能将叛贼一鼓聚歼，二位虽不能记首功，但大家伙儿都出足了力，至于《木纹经》一事，定不教你们失望就是。"花、马二人连称不敢，虽然心中不信，但也只得罢了。

一名侍卫走上前来，手里捧着几块烧得乌黑的檀木板，上面还隐约可以看见一些镂空精雕的文字。众人大惊，一起仔细查看，果然便是《木纹经》，大家你看看我，我看看你，心头顿时凉了半截。

马青龙心急，失声道："这……这可如何是好？"

余忠臣将几块烧得如同焦炭一样的木板在手中翻来覆去地看了半天，皱眉道："他们不是莽撞之人，为什么这么急的毁去《木纹经》？一定要想办法套出他们的实话，这件事，看来只能由都指挥使大人亲自出马了。"

大家正烦恼间，唐铁泉从后面凑上来问道："余将军，这些人怎么办？"

余忠臣皱眉道："现在天色已晚，我也正为此事发愁。从义郎有什么好主意，但说无妨。"

唐铁泉道："在下的庄院就在附近，如果大人不嫌弃的话，就先在那里过一夜，明天再作打算。"

余忠臣大喜道："如此好极了！那就有劳从义郎了！"

唐铁泉下去准备，又有一人上前禀道："大人，午间我们抓的那个女子如何处置？"

余忠臣道："那个女子带在身边终究是个大麻烦，你们手脚利索些，悄悄地处理了就是，千万不要让人知道！"

那人应了一声，正要下去，从旁边闪过一个人来，把他拦住，对余忠臣说道："大人，那个女子与我有过一面之缘，不如把她交给我，由我来处置吧。"

第三十三章　情难自已

余忠臣一看，原来说话的是穆易杨。余忠臣知道，他们三兄弟虽然无职无位，平时也是来无影去无踪的，但武功既高，素来又极受自己主子待见，尤其这个穆易杨，更是他们三个中出类拔萃的人物。既是他提出的，自己极难不给这个面子，因此点头道："好，穆大人自便就是。"心中闪过一个念头，想道："这女子虽然麻烦，但生得实在美丽，这个姓穆的平时对任何女子都不在意，这回该不会是动了情吧！"

……

卫心如被关在屋子里，已经有好一阵子了，越是等待，就越是心烦不已，只好一刻不停地在屋里走来走去。窗户都已被厚木板封死，但仍可看见外面已经入夜，雨虽然小了一些，但丝毫也没有停止的意思，雨点打在窗棂上，啪啪作响，更添几许愁思。

"吱——"的一声，门被推开，闪进来一个瘦高的身影，披着一件宽大的黑色大氅，帽檐儿压得低低的，遮住了大半张脸。进来后，那人一言不发，将手中的烛台放在中间的八仙桌上，垂手站在桌旁。

看到有人进来，卫心如倒是冷静了下来，冷冷地道："你是什么人？为什么把我抓到这里来？"

那人似乎笑了笑，说道："今日日间，是你要救木屋中的那些人，自己闯到了我们的阵中来，现在倒来问我，应该是我来问你才是：你叫什么名字？是谁的门下？为什么要救那些人？你好好说，不许瞒我。"

卫心如说道："你问的这些问题，我连一个也不乐意对你说。哈哈哈，真是可笑，我连你的脸都看不清，为什么要跟你讲这些？"

那人犹豫了一下，慢慢摘下帽子，说道："我是怕吓坏了姑娘，其实说起来，我倒与姑娘有过一面之缘。"

帽子下露出一张疤痈肿癞的脸，在烛光摇曳中尤其显得可怖，卫心如立即认了出来，他就是在愚公谷山洞中遇到的那个人，只听他说道："我叫穆易杨，这自然是化名，真名说出来，没的污了姑娘的耳朵，你只需知道，现今我是在东京御前都指挥使帐下效力就是。"

卫心如冷冷地道："原来是御前的穆大人，难怪光天化日之下还敢逞凶行劫，为非作歹，小女子失敬了。穆大人，你们不在京城里跑马拉弓，保护你们那位主子，跑到这种小地方来做什么？又有什么事敢劳侍卫大人玉趾？噢，我知道了，是你们主子又新看上了什么奇珍异宝，又或是前朝的什么古籍真迹吧？哈哈哈……哈哈哈！"

卫心如句句语含讽刺，原以为穆易杨定然勃然大怒，说不定一抬手，就取了她的性命，倘若如此，倒是遂了她的心愿。但不曾想，穆易杨面色如常，竟半点也不动怒，静静地说道："姑娘说笑了，不过我把你带来这里，倒确有一事相求。"

卫心如见穆易杨虽然大多时候都低着头，但只要偶一抬头，却总能看到他眼中渴想之极、如同豺狼一般异样的眼神。卫心如被他们擒住后，本就抱了必死的决心，心中倒也宁定，但此刻看到穆易杨的眼神，心中一惊，不由自主地退后了两步，将自己紧紧地贴在墙壁上。谁知这一贴，身子不由自主地一挺，胸前玲珑的曲线若隐若现，穆易杨看在眼里，咽了一口吐沫，眼眸中的那团火焰更加炽热了。

卫心如越想越害怕，一咬牙，把腰带上那十几颗南珠一股脑儿都扯了下来，双手捧住，说道："喂，我说，你可听好了，不管你求什么，我总是不准。你如果能将我放了，这十多颗稀世难见的南珠就是你的了。我回去之后，再让父亲送你十倍于此的财物，有了这些，你要什么就有什么，享尽天下荣华富贵，岂不是更好！"

穆易杨冷笑了几声，根本没正眼看她手中那些滚圆剔透的珠子，低声说道："卫姑娘，实不相瞒，金银什么的，我家中倒还有一些，这些都只是身外之物，但人的性命只有一条。你父亲是谁，现在只有我知道，但只要我到门口说一声，就算你有十条性命，恐怕这会子也都会一起没了。如今你唯一的生路，就是跟我走。你放心，只要在我身边，天底下就没有谁能伤害得了你。我宁肯不做官，也不要京中的万贯家财，只要有了你，就算是隐姓埋名我也心满意足。"说罢，穆易杨情不自禁地走上两步，想要去拉住卫心如的手。

卫心如脸色煞白，往旁边躲了躲，怒斥道："呸！枉你还是一个男子汉，自负天下无敌，原来就只会在这里欺负一个手无寸铁的弱女子！我不幸身为一个女子，力气不如你大，又打不过你，但幸而有明尊庇佑，自有保全我清白纯洁身躯的法子！"说着，作势就要不顾一切地向着身边一根粗大的木柱一头撞上去。

穆易杨大吃一惊，急忙道："骆小姐，不，卫姑娘切不可如此，请为你的父亲想想！"

卫心如听他提到父亲，心中一凛，退开两步，想了想，说道："好吧，但你不可再上前一步！"

穆易杨心下大慰，喜道："多谢姑娘。"果然不敢再向前走一步，两人默默相对，很是尴尬。

卫心如怕时间一长，他又要起歹意，但仓促间实在找不出什么话来讲，忽地想起他刚才说过的话，问道："你……你刚才叫我什么？你说的骆小姐，她是你的妻子吗？"

穆易杨身躯一震，点了点头，又摇了摇头，张开嘴又闭上，但终于还是说道："她不是我的妻子，她是青州城翠微山庄骆老庄主的千金。那一年，我与骆小姐偶然相遇，便对她十分倾心，想方设法与她见面，闹出了不计其数的笑话。那骆小姐原是大家女子，性子最是温和害羞不过，但禁不住我不断痴缠，一来二去，竟也与我两情相悦起来。从那以后，我仗着轻功卓绝，时常偷入翠微山庄，与骆小姐私会。那些日子，是我一生之中，唯一一段开心快活的时光……"说到这里，穆易杨两眼望天，再也说不下去了。

卫心如听得入神，忍不住问道："后来怎样了？"

穆易杨长叹一声，凄然道："那时候我还不是军官，在江湖上名声也不好，骆庄主是个势利之徒，见我无财无势，断断不准骆小姐再与我相会，还要把她嫁给当地的一个狗官做妾。我当时发了狂，就在翠微山庄门前拍着胸脯指天立誓，要在三天之内，就在他的眼皮底下，把他的妻妾儿女一一掳走，用他全家的性命来交换骆小姐。

"但是哪里料想得到，骆老庄主不知从哪里请来一个高手，我在一天之内，接连三次输给这个使刀的汉子。第三次交手时，更是被他一刀砍中面门，血流不止。当时他踏上一步，正要补上一刀，以便一刀结果我的性命，骆小姐突然从内室跑出来，扑在我身上，苦苦哀求她父亲饶过我的性命，否则她宁死也不稼人。骆庄主怕他女儿真的寻了短见，只好放我走。我因此才苟活到今天，但心中的苦楚，实在比死去更加难受万分……"

卫心如在一旁听着心中难受，几乎要陪着他落泪，浑然忘了自己仍身处险地，问穆易杨道："那你后来还见过她吗？"

穆易杨惨然摇头道："那天，骆小姐见我终究救不出她，原是打算自杀殉情的，为了救我，只好含羞嫁给了那个狗官，不过半年，便郁郁而终。我的伤极重，断断续续地养了大半年才好，听到这个消息后，立誓要杀了骆家满门为小姐报仇。谁知骆老庄主不知从哪里听说我要来报仇，竟一把火将翠微山庄烧成了废墟，自己带着家人不知躲到哪里去了。我百般找寻不着，只好和我的两个结义兄弟去了东京，小试身手，就被蔡相公看中，提携我们当上了禁军侍卫。我们散漫惯了，不愿做官，他就接连不断地赏赐我们。不过他的钱也没白花，这

些年，我们兄弟帮他做了不少棘手的案子……"

卫心如撇了撇嘴，冷笑道："那还不是要你们甘作鹰犬，为他卖命！"

穆易杨道："不错，但人非草木，孰能无情？他这样待我，我自当为他结草衔环，以酬知己。卫姑娘，你可知道，我为何对你如此钟情，不能自已？"

第三十四章　夫妻夜话

卫心如听他突然说到自己，脸上一红，摇了摇头，穆易杨说道："那天我在愚公谷山洞中见到你时，着实吓了一跳，你的相貌，竟与骆小姐十分相似，就连笑起来时的神情，也都一模一样，因此……我才对你格外倾心。"

其实卫心如与骆家小姐的样貌并非十分相似，只是两人年纪相仿，又均是娇俏可爱的年轻女子，再加上洞内光线十分昏暗，穆易杨多年来对骆家小姐念念不忘，这才在不知不觉间把她看成了自己日日夜夜魂牵梦萦的情人。

桌上的蜡烛啪的一声爆了一个灯花，屋中两人相对无言，穆易杨进又不得，退又不舍，正在左右为难之际，前厅忽然传来一阵人声嘈杂，中间还夹杂着兵刃互相撞击之声，良久不绝。

穆易杨正想找机会脱身，侧耳听了一会儿，便说道："前面出了什么状况？"说着，匆匆朝着门口走去，将要走出大门时，又回头说道："我会调走在门外看守的侍卫，卫小姐，你好自为之吧！"说完，拉开门便走了出去，再不回头看她一眼。

……

清醒过来很久了，水清还是不敢相信眼前发生的一切。自己的丈夫回来了，原来他并没有死，虽然吃了些苦头，但毕竟还好端端地活着，就在自己身边，握着自己的手。手还是那双手，人还是那个人，什么都是那么真切，但又宛如依然身在梦中。

他们被单独关在一间，并不与其他弟子一处，也没有人再来向他们撩唆，因此他们难得的可以好好地说上一会儿话，叙叙别来之情，至于以后会怎么样，原不是他们可以想见的。

陆改樵柔声安慰了许久，水清才慢慢地止住了哭泣，断断续续向他叙说了这段时间以来发生的事情。叶枫跟着林孤桐学习柴刀刀法之事，水清自己也知之不详，陆改樵向来心高气傲，水清恐他至今仍心存芥蒂，因此就隐去不提。

陆改樵听完后说道："师妹，这些日子可苦了你们了。铁泉这孩子心术不正，我心中也明白，只是他家中富甲一方，又与县里、州里的那些大人们素来交好，因此我才勉强应允收他为徒，一来不想因为这点小事开罪了那些当官的，二来也是贪图他家里每年几百两银子的孝敬，因此尽管他平时常常放纵无检，我也只好尽量忍耐。但没有想到，我一味容让，他还是做出这等欺师叛祖的事来。师妹你放心，这一回，我断断容他不得！"

水清说道："改樵，你是我师兄，又是掌门，派里的大事，我总是听你的，就算有小小不同，我也只在私下里与你商量，你若不听，也就罢了，毕竟你才是一派之主，又是男子汉大丈夫，见识总比我们女人要强些。但我总是觉得，咱们括苍派，在武林中也算是稍有薄名，师父传给咱们的柴刀刀法又是极高明的，只要咱们潜心修炼，再收几个资质好、肯吃苦的弟子，哪怕时日长些，总会出人头地的，你又何必总是对那些当官的唯唯诺诺，做出一副低人一等的样子来？师哥，我和你一同长大，知道你嘴上不说，但心气是我们三个中最高的，从不肯居人之下。你做那些事，心中必然也觉得委屈，与其这般，天天受他们的喉头气，不如自强，就算不能名垂竹帛，名扬后世，至少也落个心安理得，再不济，咱们不是还有青锋吗？"

陆改樵听了夫人的一席话，像是有所触动，沉思良久，才说道：

"师妹，你说得对，过去是我糊涂，总不肯听你良言，现在铁泉这样，对我也是一个警醒。只是以后，恐怕你和青锋要跟着我吃苦了。"

水清大喜，说道："甘守清贫，不贪浊富，这些原是应当的，你肯这样做，方显男子汉大丈夫本色。"

陆改樵解开了心结，显得十分畅情适意，站起来在屋中连连踱步，转了几个圈子，忽然停下来，说道："师妹，我想到了，咱们不是还有玄修功吗？过去我总练不成，想来是太过心急的缘故，以后我再从头细细练起，再练不成则罢，一旦练成，咱们括苍派也好扬眉吐气一回。"

水清笑道："你不提这事我倒忘了，说起来，这还全是枫儿的功劳呢！"说着，将叶枫在山洞中发现明教前教主易天星的遗书，以及在河边小木屋中发现木纹真经的事说了一遍。

陆改樵越听越奇，到最后欣喜若狂，难以自持，一屁股坐回到水清身边，握住她的手连连摇晃，问道："此事当真？此事当真？快将它拿出来我看看！"

水清看到陆改樵急不可耐的模样，心中暗笑，正想把那片绢帛拿出来，忽觉手中有些异样，与平日里握住陆改樵双手时的感觉稍有不同，低头一看，奇道："师哥，你手上戴的是什么？怎么我从未见你戴过？"

陆改樵一怔，喜色顿敛，轻轻将手抽了回来，右手轻抚着左手中指上一枚青色的宝石戒指，说道："这个嘛……嗯，这就是我的不是了，今年中秋，铁泉不知从哪里寻来了这么一枚戒指送给我，我瞧着喜欢，就想戴几天玩儿。你若喜欢，送与你就是，唉，我既已立志自强，不知今后，还有没有机会为你戴上这么漂亮的首饰。"说着，作势就要去取下戒指。

水清按住他的手，柔声道："师哥，你我夫妻一体，你戴着就如同是我戴着，又有什么分别了？"

陆改樵笑道："那也好，夫人，那玄修功……"

水清微笑道:"师哥,你真是高兴得糊涂了,我们在木屋中时,强敌环伺,朝不保夕,我怎么敢把这要命的东西藏在身边?自然是藏在一个极隐秘的所在,以免落入敌人之手,这也是宁为玉碎、不为瓦全之意。好在枫儿心中倒还记着一部,我们脱险后,你一问便知。"

陆改樵一听这话,神色间有些郁郁之意,只得无可奈何地说道:"夫人深谋远虑,大敌当前,理应如此,只是现在我们该怎么办?你可有什么好主意?"

水清道:"师哥拿主意就是,只是有一样,枫儿心中还有一部《木纹经》,我们须将他们一同救出,否则一切都是枉然。"

陆改樵道:"这是自然。"他支颐沉思良久,才抬起头说道:"师妹,如今之计,打是打不过的,唯有先将玄修功交给他们,暂时忍下这一时之气,待日后我们神功既成,再来夺回。我已经知道他们的底细,想来只要等上几年,要报仇亦不是什么难事。"

水清说道:"万万不可,莫说几年,就是一时三刻也不行!师哥,你倒好好想想,他们拿到了东西,哪里还会放过我们!只有抵死不交出来,才有一线生机。"

陆改樵道:"师妹你听我说,那玄修功,嗨,玄修功这三个字本来就是为了掩人耳目,现下还是叫它《木纹经》吧,那《木纹经》本就是个不尽不实的,交给他们又有何妨?当初我写信给天生、上官鹏他们,邀他们来括苍山,也是因为想通了这一节的缘故,否则怎么可能把经书白白地给他们看?"

水清仍是摇头道:"不管这《木纹经》是真是假,它总是师父当年亲手交到你手里,如果今日为了苟活,就乖乖地交给敌人,此事一旦传扬出去,括苍派以后还怎么在武林立足?过世的师父脸面还往里搁?"

陆改樵见水清句句话不离师父,词锋咄咄,又正好触到他的一桩心事,不觉心中焦烦起来,站起来呼呼地走了几步,却仍是压不住心中之火,气呼呼地说道:"师父,哼,他传我这《木纹经》,你当他有什么好意吗？"

　　水清悚然一惊，几乎不敢相信这话是从陆改樵口中说出来的，隔了好半晌才责问道："师兄，你怎么能这么说？师父他不仅把《木纹经》留给你，还将我……将我许配于你，本来这些都是二师兄的，你还不知足吗？"

　　陆改樵哈哈大笑，笑毕阴恻恻地说道："不错！师父一向不待见我，他若非不得已，又怎会将他最心爱的两件东西都许给我？师妹你可知道其中的缘故吗？"

第三十五章　孽缘牵缠

水清听到"心爱的东西"这几个字，脑子顿时嗡的一声，身子晃了两晃，几乎站立不稳，迷迷糊糊地说道："师父说你家世余荫、广有田产，不是吗？"

陆改樵摇头道："掩人耳目而已，师父武功那么高，要什么就会有什么，又哪里会将我家那几亩薄田放在眼里？"

水清张了张嘴，颤声问道："那他又是为了什么？"

陆改樵想了想，又摇了摇头，不再言语。

水清款款下拜，敛衽作了一个礼，缓缓地说道："师哥，这件事已过了二十年，连青锋都这样大了，本来也无须再追根问底。但这件事在我心中已想了二十年，今天你若是不说出来，我就是死了，也是死不瞑目！"

陆改樵显出为难之极的模样，想了许久，这才说道："好罢，这件事我已隐忍了二十年，如果再不说出来，恐怕我自己也要疯掉了。当年我们三人同在师父门下，二师弟资质颇佳，还没几年就已经将柴刀刀法学得像模像样，他又那么喜欢你，任谁都看得出来。我自知愚钝，配不上你，原就打消了与你共偕连理的念头，倒是有意成全你们。若不是因为那件事，也许你们现在早已是子女满堂、膝下承欢了，师父也不见得会死……"

水清这时反倒安静了下来，静静地听着，不喜亦不悲。

陆改樵续道："你还记不记得，那一年师父要正式将《木纹经》传给二师弟，就在前一天，我们师兄妹三人一同上山打野味？"

水清点头道："怎么会不记得？那一天我们过得真是快活，打了许多野兔、山鸡，但师父，他也是在那一天突然病倒的。"

陆改樵道："你记得没错，只是你未必记得，在上山之前我还回了一趟蓬壶居。"

水清仔细回想，多年前的往事一幕幕渐次浮现在眼前，过了一会儿，才说道："那天我们离开蓬壶居没多久，二师哥就发现忘了带捕兽夹。你是大师兄，我年纪最小，往常这些事都是二师哥去做的。但那天他兴致很高，很想多一点儿时间与我在一起，因此嘴上虽说去拿，却是迟迟不肯动身，我想去拿也被他借故拦住，最后还是你回蓬壶居去取。我和二师哥坐在路边，一边说话一边等你，他给我摘了许多花，还说以后一定会对我好。我没怎么说话，只是静静地听他说那些傻话，看他干那些傻事。过了很久，你才回来，我当时也没在意，现在想想，你这一趟，是去得久了些。"

陆改樵冷冷地道："你当然不在意，那时你全部心思都在二师弟身上，怎会在意我是喜还是愁？"

水清没去理会他，心想："那时我的确没太在意你，但你说我把心思全都放在二师哥身上，却也错了。"

陆改樵叹了口气，继续说道："那天我回到蓬壶居，四处都看不到师父，我虽感到奇怪，但也并不十分在意，拿了夹子正想离开去找你们，就听见师妹的居处传来奇怪的声音。我们住的地方山环水旋，十分幽邃偏僻，就连当地人都找寻不到，怎么会有外人到此？我起了疑心，悄悄地来到窗外，小心地舔破了窗户纸，只用一只眼睛向内张望，你猜我看见了什么？我看见……我看见……师父他，正躺在你的床上，脸上捂着你的小衣，做出种种不堪入目的举动来……"

水清双腿一软，跌坐在椅子上，口中只是说道："怎么会这样，怎么会这样……"

耳中听陆改樵继续说道："我在窗外吓得呆了，好半天才想起来要赶快离开，只是手脚抖个不停，怎么都不听使唤。匆忙间，手中的兽夹不知碰到了什么东西，呛啷一声，师父在屋内立时便发觉了，我还没跑出多远，就被师父追上。那时师父就站在我身前不远处，脸色苍白，眼中已露出杀机。

"我虽然害怕之极，好在还没被吓傻，心想反正这条命十成中已去了九成九，不如和师父赌上一赌，便低声对他说道：'师父，恕徒儿无礼，您再上前一步，我就叫唤起来，师妹就在左近，倘若让她知道了，你猜她以后会怎样看您？'听到这句话，师父果然不再上前一步，只是冷冷地看着我，我也看着他，心中骇惧之极，只是脸上强自镇定而已。因为只要我稍作胆怯之色，师父立时就能猜出你们早已走远，根本听不到我的声音。那一刻于我，就如同是过了十年一般。

"正当我快要支撑不住之时，就听师父说道：'好徒儿，你总算是对得住我，好罢，你想要什么？'我暗中大大松了一口气，心想这条命总算是捡回来了。师妹，你也知道师父是极爱脸面的人，他做出那样的丑事，无论是谁看见了，哪怕他逃到天涯海角，师父也一定要把他杀了才心安，凭他的机智武功，世上能躲开他的人只怕不多。但我那时已然知道，师父对谁都下得了手，唯独不敢杀你，因此这场赌，终究是我赢了。"

水清淡淡地道："因此你就向师父要了《木纹经》？"

陆改樵道："如果换作是你，你会怎么做？"

水清想了想，说道："不错，如果只要一件无关紧要的物事，便显得敷衍了事，日后一有机会，还是会说出去，只有要一件师父难以割舍的东西，师父才会相信你。但是你既然已经有了《木纹经》，也该心满意足了，何苦又把我也要去？"

陆改樵说道："师妹，你从小就在师父身边，怎么还不知道他的为人？依着师父的脾气，他又怎么会轻易地放过我？就算有了《木纹经》，也难免以后日夜悬心，须得再向他要一件护身符才可以。"

水清心中气苦，想道："师父郁郁而终，二师哥孤苦一生，原来都是为此。就算是大师哥，他虽娶了我，生了青锋，可是我见他终日提心吊胆，时时惶惧不安。开始时担心师父来找他算账，后来又怕二师哥来与他抢夺《木纹经》，也没有几天是真正快活的。师父呀师父，你若是早将这番心意告诉我，我俩如今该是多么快活自在！我又何必受这二十年痛悔的滋味……"

陆改樵话刚说完，才猛然想起，当天他在金臂童面前立誓道："倘若这件事让第三个人知道，必受烈焰焚身之苦，死无葬身之地！"

想到这里，陆改樵心中禁不住一阵哆嗦，不住地安慰自己道："那时我是被逼的，如果我不这样说，立时就没命了，我是被逼的，不作数的……"好不容易才宁定了心神，说道："师妹，这事既然已经过去了，咱们就不去说它了，现在最重要的，就是……咦，这是哪来的声音？好像有人在前面动起手来了……师妹，你听见了吗？我们应该出去看看，兴许可以乘机逃出去也未可知。"

水清面目木然，毫无表情，就好像什么都没有听到一样，淡淡地说道："我们是困兽，怎么还能出得去？"

陆改樵没有理会她，在屋中走了几圈，这里摸一摸，那边摁一摁。当摸到书架上一个通体云英镂雕而成的三足圆鼎时，陆改樵眼睛一亮，扳了扳它，再向左右旋转，感觉有些松动的样子，他喜道："是这里了！"手上加力，向左右用力转了转，只听喳喳连声，书柜缓缓打开，露出下面一个小小的洞口。

陆改樵回头招呼道："师妹，地道口在这里了！"他见水清眼中露出疑惑的神情，笑道："铁泉是我徒儿，如果我连这点小机关都不知道，那当真是枉作他师父这么多年了！"

第三十六章　鸿渐于陆

当陆改樵和水清钻出地道，走过几处回廊，悄悄地来到唐宅的前厅之时，穆易杨正和来犯之人交手到关键时刻，转眼就要分出胜负。

唐府这座前厅宽大轩豁，但只有孤零零的一幢，与其他建筑并不相连，将整个前院占去了大半，前方有门，墙上没有开窗，四周墙上点着数十支牛油巨烛，照得整个大厅亮如白昼。中间的空地上，两个人影飘忽灵动，掌风呼呼地响，把四周的烛火刮得摇曳不止，照得大厅一阵明一阵暗的。

手里拿着大铁牌的那人是穆易杨，他对面那人气度高华，恂恂有儒雅之态，可双掌的掌力势若奔雷，委实非同小可。周围观战的人稍一近身，就能感觉到掌风森然逼人，只好站得远远的，唯恐伤到自身。靠墙的一众人等中，宫长张手抚胸口，面色惨白，下颏上一大摊血渍，软软地倒在商横王怀里，看来已经输了一仗。

商横王看着自家兄弟身受重伤，命悬一线，心中焦急万状，看看宫长张，又看看穆易杨，只盼着他能早些将敌人打发了。穆易杨似乎也感觉到了兄长的心思，将手中的一对铁牌舞得更加急了。那铁牌是用镔铁打造，分量不轻，像这般狂风暴雨般的急刺疾舞，又是最耗真气的事。

果然过不多时，舞动的速度就渐渐地慢了下来，特别是使一招

"横架金梁"之时，右手铁牌稍稍地低了半寸，露出左肩一点点不易察觉的空隙。与穆易杨对战之人依旧不动声色，但眼中神光一闪，已然发现了这个几乎是唯一的破绽。

果然，当穆易杨第三次用上这招"横架金梁"之时，右手铁牌还是往下低了少许，就在这电光火石的一瞬间，只见一阵电卷星飞，那人左手手掌犹如雷霆疾发一般，啪的一声径直向着穆易杨的左肩拍去。

穆易杨像是吓得呆了，不闪不避，反而将左肩更向前迎去，顺势亦将左手铁牌向前递出，直抵那人的肋间。铁牌长而手掌短，铁牌重而手掌轻，两人虽是同时发招，但穆易杨却是大占上风，他心中一阵狂喜，正在加紧催招，只见对面那人左手掌力不减，右手亦是同样的一招"鸿渐于陆"，掌上加掌，两股力道加在一处，有如云卷雾涌，又像是怒潮狂奔，一刹那间就袭到穆易杨身前。

穆易杨暗叫一声："不好！"气息一窒，轰的一声，左肩被重重地一击，脑海中顿时一阵空白，身子就仿佛是断线的风筝一般，飘飘荡荡地飘上半空，随即重重地跌落在地上。穆易杨挨了这重重的一击，腿脚酸软无力，站不起来，勉强撑起上半身，就觉得喉头一甜，强自忍耐才将胸腹间涌上来的一股鲜血咽了回去，但左半身兀自麻木，体内真气杂沓乱窜，经脉已然受损。

打伤穆易杨那人也已是罄尽了全力，正暗中调匀胸中那团纷如乱丝的内息，过了一会儿，才能开口说话道："荆北鬼见愁果然名不虚传，前几年听说你已经死了，原来是投靠朝廷，附逆为非，做了人家的鹰犬！"

穆易杨不敢用力，隔了好一会儿，才缓缓说道："人各有志，你也不必勉强。"

那人道："好一个人各有志！我记得昔年荆北鬼见愁双掌伏四熊，一枝单鞭连挑椅子岭十八座营寨，这等威风，在下倒是常自思之。今日这一战，若不是你记挂着受伤的兄弟，三番四次地故意露出破绽，让我起了疑心，那么谁胜谁负，倒还殊难预料。我近年来少在江湖走动，倒是孤陋寡闻得很，你新练的武功路数，竟然还有些不太识得。"

穆易杨喘着气，艰难地道："我的……我的……雾尽披风式，哪里及得上魔教……魔教教主的……大成神瑛掌！"

众人一听此人竟然是明教的大魔头，俱大惊，有几个侍卫伸手去摸了摸暗藏在腰间的武器，准备一声令下就要上前厮杀。

打伤宫长张和穆易杨之人果然便是明教教主卫比伯，敌人虽然势众，但他也丝毫不惧，说道："大成神瑛掌虽然厉害，但我却嫌它过于狠辣，一出手必诛伤人命，实在是有干天和，不到万不得已，我绝不用之。"

一众侍卫见他说话举止蕴藉儒雅，如果不是方才亲眼见到他出神入化的掌法，十之八九定会以为他只是一个迂腐腾腾的读书人，哪里会想到眼前这个人，就是与他们分庭抗礼多年而不衰的一教之主。也有少数老成持重的，心中揣想这只是魔教教主的骄兵之计，等一会儿定会有厉害非常的手段使出来，于是他们更加打起了十二分的精神，目不转睛地盯着他的一举一动。

只见卫比伯伸手入怀，待拿出来之时，手掌心中已托着两颗黑簇簇不起眼的药丸，说道："这药丸对于医治大成神瑛掌之伤，倒是有些效用，只是服后三个时辰内，须得平心静气，一任自然，万万不可运气调息，如此可保性命无虞。"

说着，随手一掷，两颗药丸嗒的一声，分别落在宫长张和穆易杨的身前，就像是地下有极强的吸力一般，落下后再不弹起一下，单是这份手劲，就已是极高的境界。

穆易杨胸中正自烦恶难受，觉得胸腔仿佛随时都会爆裂开一般，只好取了一颗，正想塞入口中，商横王在一旁说道："二弟，小心！"

穆易杨心想："我若不吃，只怕活不过一时三刻，就算活了下来，也成了废人一个，与其待在京里被人不明不白地害死，不如吃了，左不过就是一死，怕他怎的！"想毕，口中说道："大哥放心，卫教主未必是那等卑鄙无耻之人！"

那边卫比伯说道："杨兄不可大意，那位兄台说得不错，这药丸虽说能救你一命，但刚才我那一招实已用了全力，你的性命固然能够保全，但武功，恐怕有一半都难复旧观了。"

穆易杨惨然一笑，说道："多谢。"再不犹豫，一抬手，将药丸含在口中，嚼了几嚼，咽了下去。咽下去之时，就觉得腹中一股清凉之气升腾起来，散入奇经八脉，果然胸中烦恶之感消退了不少。当下盘膝而坐，不敢运起半分内息，过了片刻，忽然睁开眼睛，对着卫比伯说道："卫教主，你不乘机除掉我，终究心中不安是不是？"

卫比伯笑道："不错，有你在一日，我的大事难成。"两人相视一笑，心中都起了惺惺相惜之感。

商横王把药丸拾起，看了又看，终于还是放在一边，从怀里取出一颗解毒丸，喂宫长张服下，看着他的呼吸声越来越弱，心中的焦虑不安，自不必细说。

卫比伯的脸色突然严峻起来，转过头对着人群喝道："你们两个无耻之徒，为一己荣利，附逆为非，当真是可恶之极了！此时不走，定要我出手收拾你们吗？"

第三十七章　暗算偷袭

　　人群之中，花赛李和马青龙两张脸唰地变得煞白，自从卫比伯现身那时起，他们就认了出来，他就是在客店中割去两人耳朵之人。现今又被他毫不留情的当面训斥，当真是恨上加恨。

　　马青龙紧紧咬住下嘴唇，右手攥住围在腰间的软鞭又松开，松开又攥紧，两眼死死瞪着卫比伯，似要冒出火来。他身边的花赛李见他似乎要按捺不住，轻轻地拉了拉马青龙的衣袖，附在他耳边说了几句话，马青龙这才无奈地叹了口气，心有不甘地和花赛李一道，垂头丧气地向着门外走去。

　　两人走出大门时，陆改樵正好刚到门口，三人对望了一眼，花赛李与马青龙乍一见他，以为是陆改樵的鬼魂附体，直吓得魂胆俱消，跌跌撞撞地跑开，很快湮没在浓重的夜色之中。其他侍卫见卫比伯一句话就打发了两个强援，心中栗栗自危，唯恐下一个轮到的就是自己，没人敢再说话。

　　卫比伯见花、马二人走远，这才对着在门口探头探脑的陆改樵一拱手，说道："两位可是临海括苍派陆掌门、陆夫人么？"

　　陆改樵不得已，只好从门后走了出来，说道："正是区区在下，不知教主有何见教？"

　　卫比伯道："不敢，我向两位打听一个人，叶枫叶兄弟，是贵派高徒吗？"

陆改樵道："正是劣徒，现在正与其他弟子一道，失陷在此处，不知被关押在什么地方。"

卫比伯说道："两位受惊了，且请稍待片刻，等我打发了他们，再去相救贵高徒。"

陆改樵闻言大喜，连连致谢，卫比伯一笑，转过身去，对着众侍卫说道："请各位回去告诉你们家主子，只因他太过欺压明教子民，我们为生活计，才与朝廷为敌。从今以后，就少做些伤天……"

正说话间，卫比伯忽觉背心一凉，顿时心中一凛，想都不想就疾向前冲出。但他武功再高，总归还是血肉之躯，这一回，终于未能躲过这贴身的一击。噗的一声，一支锋利的短剑透胸而出，鲜血也随之激射出来，一滴一滴地溅洒在地上，像是开放了一地的血之花。

卫比伯趔趄地向前走了两步，强忍住一口气，奋力回头看了一眼，就这一眼，眼睛中立时流露出绝望和难以置信的神情，说道："怎么……是……是你……"语音未落，咕咚一声，无力地栽倒在地上，一代枭雄，竟就此溘然长逝。

随着卫比伯倒在地上的扑通声，从门口一下子又涌进来十来个人。当先一人看到眼前情景，直吓得面容失色，向前紧跑了几步，一下子扑倒在卫比伯身上，"哇"的一声放声大哭起来，是卫比伯的独生爱女卫心如。和她一同进来的则是括苍派其他弟子，其中时秦中眼疾手快，一把扶住了同样被吓得险些就要昏厥过去的师娘水清。

这时厅中所有人等，除了卫心如、宫长张之外，几乎都将目光朝向卫比伯身后数尺之地的陆改樵，和他手中兀自鲜血淋漓的短剑。

陆改樵面色如常，仿佛什么都没有发生过一样，将短剑在靴筒上擦了两擦，恨恨地道："哼，魔教妖人，我堂堂一派掌门，又岂能与你同流合污！"

一转头看见叶枫正和卫心如在一起，便又皱起了眉头，不耐烦地说道："枫儿，这个女子是魔教教主的女儿，你和一个魔教妖女如此亲近，是不当自己是正派弟子了吗？"

叶枫听师父口口声声不离"魔教妖女"四个字，心中厌烦，辩解道："师父，心如曾与弟子一同出生入死，她不是什么妖女！"

陆改樵怒道："魔教一向与朝廷为敌，屡次犯上作乱，又惯会用一些鬼蜮伎俩迷惑人心，是我名门正派的公敌。你竟为一个妖女说话，是打算不要我这个师父了吗？你倒听听你是怎么叫她的！"

叶枫见师父动了气，这才红着脸低下头不敢再说了，旁边的卫心如慢慢地止住了哭泣，压低声音对叶枫说道："小心你师父！"

叶枫亦是轻声对她说道："卫小姐，我师父是一派掌门，心中正邪之分根深蒂固，因此言语中有些小小得罪，请你不要见怪。"但转念一想，师父刚刚刺死了她的父亲，而且手段殊不光明正大之至，又哪里是什么"小小得罪"了。想到这里，不由得愁上心头，长长地叹了口气，心中彷徨无计。

卫心如摇头道："不是这样的，你看看你师父的左手，便知端的。"叶枫啊了一声，不知道她的话中是什么意思。

这边叶枫还在和卫心如絮絮而谈，那边宫长张被卫比伯打伤以来，一直便是气息奄奄，呼吸声越来越低，眼看再过一会儿，就要耗尽真元。穆易杨自服了卫比伯给的丸药，暗中运功疗伤，将药力迅速送到全身各处，自觉好了许多，这时也凑到宫长张身边，将商横王丢弃的那枚药丸重又捡起，塞到商横王手里，催促道："大哥！"旁边的侍卫们有的说该服，有的说不该服，七嘴八舌，议论不休。

商横王见宫长张进气少、出气多，脸色越来越紫，浑身便如同火烫一般，无奈地咬了咬牙，说道："三弟，你若是不在了，我就陪你一起去！"说着，将那枚药丸塞进宫长张的嘴里，扶他坐好，双手手掌按在他的背心灵台穴，缓缓地将内力输入，助他将药力快速散开。过了一会儿，宫长张的脸色由紫转青，呼吸也顺畅了许多。

陆改樵乘着这个间隙，悄悄地来到叶枫和卫心如身边，说道："枫儿你走开，斩草还须除根，我可不想留下后患！"

叶枫大惊，张开双臂横亘在两人之间，急道："师父，您已经杀了他的父亲，就饶了她的性命吧！"

陆改樵叹了一口气，说道："唉，稚子可怜，我也不是心狠手辣之人。这样吧，只要你答应我一件事，那么放了她也未尝不可。"

叶枫喜道："师父有命，徒儿自当遵从。"

陆改樵道："我听你师娘言道，你心中记得全部的《木纹经》，现在你就将它默出来给为师看看。"说这话时，陆改樵全身微颤，双眼放光，显然是极为热衷。

叶枫不解道："师父，那《木纹经》现在好端端地在师娘手上啊！"

陆改樵噢了一声，远远地看了水清一眼，说道："你师娘……你师娘她此刻受惊不小，且再让她休息一阵，你先默出来给我看看。"

叶枫看了看对面的侍卫们一眼，他们见宫长张果然渐好，面露喜色，有几个已将脸转向了他们这一边，不解道："师父，为什么不等打发了他们再慢慢观看？再说，这里没有纸笔，我怎么写？"

陆改樵皱了皱眉头，不耐地道："你不明白，这二十年来，我日思夜想的，就是这部《木纹经》，谁知这么多年来练的都是错的。如今真经就在眼前，我哪里还能再等上一时三刻？没有纸笔，你背几句给我听听也是好的啊，就像'下冲谷道，上托玉楼'这句经文我总觉得似是而非，究竟有没有错？"

卫心如在一旁忽然插话道："叶枫，别忘了刚才我说的话！"

叶枫看看卫心如，又看看陆改樵，咬了咬牙，说道："师父，你要我将经文背出来，此事不难，只要您对我说两个字，说过这两个字，或背或默，徒儿自当凛遵，不敢有违！"

第三十八章　璆琳戒指

陆改樵不解其意，说道："自从有了这个女子，你连师父说的话也不听了，好罢，我且原谅你这一回。说吧，你要我说哪两个字，是要我叫你一声'师父'么？"

叶枫说道："徒儿不敢，只要师父您说这两个字——断索！"

叶枫话音刚落，陆改樵脸色登时沉了下来，正好这时那些禁军侍卫们正陆陆续续地走上前来，走到陆改樵身后便即站住，远远看去，就好像陆改樵本就是他们一伙人一般。在那一刹那间，大厅中一点儿响声也没有，但这安静反而让每个人心中都起了毛，人人都觉得，哪怕有一点儿声响也好，总胜过这般心里空落落的，一点儿底也没有。

过了好半晌，正当大家等得焦急之时，陆改樵忽然仰起头哈哈大笑了几声。屋内无窗，陆改樵又是用足了力气，笑声中，屋顶簌簌簌地落下许多灰尘来，但此时谁都没有余裕抬起手拂去身上的尘土。

笑声慢慢止息，陆改樵的声音也如同往日一般沉稳安静，只听他说道："好，好，果然是我的好徒儿，只是我想不通，你是怎么看出来的？"

叶枫说道："师父，你一向行事谨慎，怎么这回，倒忘了取下手上的璆琳戒指？难道你忘了，山洞里的密室，我和卫小姐都是进去过的吗？"

陆改樵身子一震，似乎有些不相信地问道："你们进去过？怎么里面的东西一件也不少？"

卫心如在一旁冷笑道："你当我们也跟你一样爱财吗？"

陆改樵没有回答，转身对着水清说道："原来如此，那么师妹，你也是这样看出来的吗？"

水清携着陆青锋的手，从人群后面走上来说道："师哥你忘了，我也曾是富贵人家的女儿，贵重的玉石翡翠也见识过不少，像这种稀罕之极的璆琳，小时候虽不常见，但只要见着了，倒还不容易忘记。就凭我们的铁泉好徒儿，怎么说也不过是乡下的一个土财主，他又怎么拿得出这种东西？师哥，你真是小看我了。"

水清身边的陆青锋急得跺脚道："爹，你的葫芦里究竟卖的是什么药？怎么我和我娘一点儿都不知道！"

陆改樵身后的侍卫们见陆青锋着急的模样，嗤嗤嗤地笑了起来，有的人道："指挥使这一招瞒天过海可把自己的老婆女儿都给瞒过了！"有的道："当个破掌门有个什么稀罕？陆大人现今是堂堂御前都指挥使，岂不比一个小小的掌门要风光多了？"

听到这话，括苍派弟子立时喧哗起来，大厅中一阵扰攘纷纷，嘈杂声中，水清痛心地道："师哥，你是我的夫君，难道你不知道，那姓蔡的，就是我们水家的大仇人，你这样做，叫我死后有什么脸面去见我九泉之下的爹娘？"

陆改樵似乎也有些愧意，刚才的得意一扫而空，低声说道："师妹，我知道是我对不住你，但左相大人乃是今上股肱之臣，极得圣心，我既蒙老大人汲引之恩，又承圣上不吝拔擢，自当竭力图报，以报高厚鸿慈于万一。万一成功，也好早给自己谋个出身之所。"这套话说得字正腔圆，爽脆利落，想是这段时间以来说过多次，早已说得熟了。

陆青锋十分听不惯现在的父亲满口谀辞的模样，说道："爹爹，你都已经是一派掌门了，还要什么出身之所？你只要一通书信，就连天朔禅师这样的前辈都巴巴地赶来，大师哥每年都会给我们几百两银子，这些都还不够吗？爹爹，我真是不明白你为什么要这样？"

陆改樵从鼻子里重重地哼了一声，说道："哼，你道天朔那老秃上括苍山会有什么好意么？如果不是我那几封书信，又怎么会引得魔教的大魔头乖乖地现身？几百两银子？你这还真是孩子话，你大师哥那点银子，还不够咱们塞牙缝的。且不说咱们家上上下下一百多口人每天都要吃掉许多米粮，就说县里那些大人、老爷，哪一个不要打点？哪一个不是喂得饱饱的还不肯罢休？"

陆改樵说着说着有些激动起来，一张白脸涨得通红，大声说道："我这样做，还不都是因为你们！"

水清和陆青锋同时叫了起来："什么？"

陆改樵说道："师妹，你出生在豪富之家，老大人官至极品，对你又是宠爱异常，在过去，光是侍候你的丫鬟、婆子就有二十来个。你自小时起就衣食无忧，如珠如玉，哪里知道物力艰难？嫁到我家之后，你虽常常留意，俭省了不少，但仍是改不了从前大手大脚的毛病，一应吃穿用度，无一样不是最好的。后来连青儿也跟着你一起乱花银子，我说过她几次，你又总是千方百计地护着她，我没有法子，只好由着你们。

"前几年靠着家里留下的产业，还可以勉强支撑你们娘儿俩的花销，但这几年，一边是官，一边是匪，日子过得越发艰难了，祖上留下的一点儿田地、山林，已被我偷偷摸摸的卖得差不多了，只怕你们还不知道吧！师父留给我一部《木纹经》，我知道自己没有能力保全它，就千方百计把它改成玄修功，日也练夜也练，只盼能修成神功，一鸣惊人，哪知道，哪知道……哼，老家伙没安好心，留给我一部假经，害得我好几次差点走火入魔！好在我向来小心谨慎，一发现不对就立即停止，这才得保性命到今日。他倒好心，叫你立下毒誓终生不得看《木纹经》一字，现在我才明白，什么女子不能练，掩人耳目而已，他这样苦心孤诣，还不是为了保全你！"

水清脸上露出一丝不易察觉的笑意，心情一阵激荡："他自然对我极好，是从什么时候开始的？似乎从那天夜里，他从千军万马中把我救出来的时候，我心里就有了他。《木纹经》是假的，只怕开始时他自己也不知道，只是凭着自己一身惊天骇地的神功，蛮冲直撞，才强行练成的。如此想来，他那么早就去世，固然是因为被人窥见了对我的情意，只怕也与强练《木纹经》有几分干系……哎呀，二师哥！"

第三十九章　师徒情分

水清忽然想到林孤桐这时说不定也在哪里苦练《木纹经》，他比陆改樵武功高得多，又是十分自负，必定和师父一样将经脉逆冲斜行，强行打通。想到这些，水清出了一身冷汗，惊恐地四下里望来望去，仿佛到处都是林孤桐盘膝坐地，头顶氤氲白气，咬牙强练《木纹经》的样子。

陆改樵继续说道："没想到临到最后，还是棋差一着，竟被叶枫这小子看出了破绽。但事已至此，已无关大局，只要再拿到一件东西，我们就可以回京，面见大人了。"说话间，眼光有意无意地总是向着水清的方向望去，水清明白他的意思，转开头装作没有看到。

此时穆易杨捂着左肩，慢慢地走了上来，对陆改樵说道："恭喜大人建立奇功，蔡大人定然极为高兴。我兄弟三人，自出京以来，寸功未立，相继折在魔教教主之手，身受重伤，如此残躯恐已不能再为大人效犬马之劳。烦请指挥使上复左仆射大人，允准我们告老还乡，从此以后，一心种田打猎，再也不动刀动枪了。"

陆改樵自当上指挥使以来，便处处受到穆易杨三兄弟的奚落排挤，心中早已对他们怨恨颇深，今日见他们两人身负重伤，看来毕生都难以痊愈，剩下的一个没了羽翼，也已经是独木难支。直到此刻，他方才有了一些高高在上的愉悦感受，但脸上丝毫不动声色，倒很是说了一些挽留的话，直至穆易杨、商横王苦苦恳求，才勉强应允。

穆易杨等久在官场，深知禁军侍卫之间互相倾轧由来已久，一旦没有了用处，境况往往连狗都不如，哪里还敢露出半分骄矜之色，略略拱了拱手，商横王背着宫长张，一手挽着穆易杨，慢慢地走了出去。穆易杨这次大败亏输，颜面无光，临走前再也不敢回头看卫心如一眼。

陆改樵心情愉快，回过头来对着水清说道："夫人，那个东西，你还是不肯拿出来吗？"

水清一言不发，只将脸转向另一边，并不理睬陆改樵，陆改樵一时间倒也彷徨无计。这时有一人走上前来，右手臂上包着厚厚的白布，挂在脖颈上，正是在愚公谷被叶枫打断手臂的余忠臣，只听他在陆改樵耳边说道："大人，让我来！"陆改樵想了想，无奈地点了点头，轻声说道："切不可惊扰她。"

余忠臣答应了一声，刚跨出两步，就看到水清身边簇拥的弟子们，时秦中、诸英豪、叶枫等，一个个攥紧了拳头，对着他怒目而视。余忠臣心中一惊，停下了脚步，左手摸了摸受伤的右臂，转头看了看身后，在侍卫们一张张脸上扫过，最后对其中一人说道："秦侍卫，你去，好好请指挥使夫人将蔡相爷要的东西拿出来。"

那人姓秦名寿生，武功倒也十分了得，只是为人卑鄙猥琐，又十分的贪淫好色，因此并不十分受重用。这次出京，自打见到水清和陆青锋，只觉得小的娇俏可爱，大的更加风韵犹存，身子早已酥了半边，只是顾虑到她们乃是指挥使的妻女，不得其便，只好空自垂涎而已。这时听余忠臣叫他去索要《木纹经》，心中自是喜不自胜，大踏步走到水清身前，说了声："得罪了！"嘻嘻一笑，一伸手，竟向水清胸前摸去。

水清顿时羞不可抑，胸口气得上下起伏不止，怒喝道："狂徒，住手！"话音未落，时秦中一侧身，已挡在她身前，诸英豪和叶枫一左一右，赤手空拳地扑了上去。怎奈拳脚上的功夫与秦寿生差得太远，三拳两脚就被他打翻在地，诸英豪躲得稍慢一些，脸上已被他抓得鲜血淋漓。

两人从地上一跃而起，正待再斗，水清在后面说道："英豪、枫儿，你们不是他的对手，都退下吧。"

说着，从怀中取出写有《木纹经》经文的绢帛，递给秦寿生，遥遥地对着陆改樵说道："是我输了，这二十年来你瞒得我好苦，《木纹经》你拿去，只求你饶过我们的性命，让我们好好地去吧！"

秦寿生贼兮兮地笑道："早知如此，刚才为何不乖乖地交出来？"伸手来接《木纹经》，五根手指似有意似无意地在水清细滑的手背上轻轻滑过，水清气得浑身发抖，紧咬住下嘴唇，泪水不住地在眼眶中打转，转眼瞥见陆改樵视若不见，反将眼光转向别处，刹那间一颗心沉了下去，顿感万念俱灰。

陆改樵从秦寿生手中匆匆接过《木纹经》，瞪大了眼睛一个字一个字地看过去，欣喜若狂，怪笑道："原来如此，原来如此！我终于看到了！哈哈哈……"

水清看着他如痴如狂的模样，暗中叹了口气，回身带着女儿和徒弟们静悄悄地向着门口走去，卫心如兀自不想走，被叶枫又是哄又是拉的，最后也混在众弟子中愤愤而去。

谁知还未走到门口，余忠臣就闪了出来，伸出左手拦住了众人，说道："且慢！"一挥手，侍卫们一拥而上，将他们围了起来，众弟子背靠着背、肩并着肩，脸上带着怒色，望着他们周围的这些人。

余忠臣紧走两步，来到陆改樵身边，连叫了几声："指挥使！指挥使！"

陆改樵恋恋不舍地将目光从《木纹经》上移开，问道："什么事？"

余忠臣低声说道："大人，您若仍当自己是括苍派掌门，大可将他们一放了之，这么做，原是顾念着几十年的师徒情分。"

陆改樵听他话中有话，心念一动，说道："你这是……"

余忠臣又走近了两步，压低了声音说道："大人，恕小的说句不该说的话，咱们官当得再大，终究还是主子的奴才，既然是奴才，本事大小都还罢了，这第一要紧的，就是一个忠字。当今圣上咱就不说了，只要是当侍卫的，大家心里跟明镜似的，这蔡大人才是我们的主子，他的话，可不能不听啊！"

陆改樵咬咬牙，低声说道："除了师妹和青儿，其他的你就看着办吧！"

余忠臣笑道："那是自然，能跟着指挥使享福，那是她们前世修来的福气！"说着唰的一声拔出佩剑，喝道："弟兄们听着，除了一大一小两个女的，其余的一个不留！"

众侍卫齐声应了一声，纷纷亮出兵刃，就要上前厮杀。就在这时，只听从外面飘飘荡荡，传来一阵叫卖之声："卖梨喽，又香又甜的脆梨喽！"

第四十章　卖梨老叟

深更半夜，居然还有人在卖梨，这本就是一件奇怪之极的事。更奇怪的是，这叫卖声忽左忽右，有时似乎近在眼前，有时又好像远在数里之外，就算有数十个人同时叫喊，也没有这般古怪。厅中众人无不面面相觑，不知该当如何是好。

陆改樵神色自若，好像早就料到一般，说道："他终于来了，我早知道，他若是不来这一趟，总是心有不甘。也好，也好！叫他进来！"说着，吩咐手下人打开大门，将深夜卖梨之人带了进来。

不一会儿，从门口走进来一个卖梨叟，弓腰曲背，周身上下带泥披雨，形貌十分落拓。他左手挎着一个大篮子，篮子里面装着十多个黄澄澄的大鸭梨，右手还举着一个，见人就说："大爷，买个梨吧，又香又脆，不脆不要钱。"

一个侍卫是个急性子，劈手夺过梨，啪的一声摔在地上，再踏上一脚，踩得粉碎，骂道："刚才是不是你在外面叫丧，叫得老爷头疼！"那老头倒也不恼，在屋子里走来走去，依旧笑嘻嘻的。

走到陆改樵身前时，陆改樵叫住了他，说道："卖梨的，我买一个。"卖梨叟应了一声，拿出一个梨递给陆改樵，嘶哑着嗓子说道："加上刚才那位大爷打烂的一个，一共是六文钱。"

陆改樵掏出一小块银子，丢在他的篮子里，卖梨叟看了一眼，笑道："大爷，给多了，找不开。"

陆改樵冷笑道："不用找，剩下的，打一口棺材可够吗？"

卖梨叟脸色一变，随即又变成笑嘻嘻的模样，说道："够是够，只不知光天化日的，大爷要棺材做什么？"

陆改樵摆了摆手，说道："不说了，我且让你猜一个人：他原本也算得上是俊雅风流，却偏偏喜欢把自己打扮成一个跛足蓬头的小老头，你说奇怪不奇怪？"

卖梨叟点头道："原来如此，那定是有人欠了他的东西，几十年都不还，他是来讨回自己的东西的。"

陆改樵点头道："那如果欠他东西的人说什么都不肯还呢？"

卖梨叟想了想，说道："那不如干脆打一架，阎王爷做裁判，赢的人活，输的人，死！"

陆改樵将啃了一半的梨丢在一边，从侍卫手中接过一柄单刀，喝道："好，就怎么办！"说罢，当头一刀，朝着卖梨叟的头顶心直劈了下来，卖梨叟举起篮子一挡，篮子哗啦一下被切成两半，露出藏在篮子下面的一口薄薄的短刀。卖梨叟抽出短刀，振臂一挥斜着朝上一举，挡开陆改樵的一击，顺势回了一招。

两人这一动上手，忽进忽退，霎时间拆了二十余招，不分胜负。叶枫早已看出，这人定是师叔林孤桐无疑。果然，那个卖梨的老汉，此刻就像是变了个人似的，全不似他刚进来时那副病鬼的模样，一把短刀在他手中，便如凤舞鸾翔，夭矫飞舞，每一招一式，都是妙至毫巅。括苍派弟子人人都使刀，但几曾见过这等精妙的刀法，个个看得心摇神驰，矫舌不下。

其他弟子倒还罢了，只是水清和叶枫二人越看越是心惊，叶枫心道："师叔所使的，自然是柴刀刀法无疑，可是师父为什么也会柴刀刀法？但似乎所学不全，否则刚才那一下，他就应该用'没头没尾'那一招，将刀把横过来，顺着师叔的刀刃，横切上去才是，为什么反而用了'只砍中间'，白白地放过了一次极佳的反击机会？这招'只砍中间'，他已用了四五次，每次师叔都只要斜身直击，再提气上跃，当头下劈，就可以轻松化解。若不是师父他功力深厚，每次都在间不容发之际险险地躲开，这一场架早就分了胜负。但就算师父功力再深，也不能长久支撑，三十招之内，师叔定会胜在这一招上。"

师父忽然之间性情大变，叶枫此时的心中，已悄悄地站在了师叔一边，想到他就要获胜，心中也暗暗地欢喜不已。

但叶枫想的三十招之数，毕竟还是错估了，两人堪堪又拆了十余招，陆改樵就已经数度险象环生。林孤桐找准一个空隙，刀锋抹到了陆改樵的胸腹间，陆改樵无法招架，只好急扭身闪避，但闪开时稍慢了一些，刀锋已触到他的身体，将身上的衣服割开了一道小口子，露出里面写有《木纹经》的白色绢帛。陆改樵担心《木纹经》有什么闪失，急向后跃开两步，林孤桐摸清了他的家底，毫不担心，见他跃开，倒也并不急着追击。

余忠臣凑上来担心地问道："大人，那东西没事吧？"

陆改樵摸了一把，放下心来，冷冷地道："你倒是忠心耿耿得很哪！"

余忠臣神色尴尬，辩解道："大人您有所不知，临行前左相大人曾一再嘱咐，叫我们千万小心在意，不可损伤了《木纹经》一星半点，要是不小心弄坏了，大人您这么多日来的功劳不是全都打了水漂吗？大人您刚来，所以不知道，咱们这一行升官发财的唯一诀窍，不过是牢牢记住'揣摩上意'四个字罢了！"

陆改樵心知他说得不错，气也就消了大半，想了想，伸手将《木纹经》拿了出来，交给余忠臣，说道："暂且放在你这儿，可得给我小心仔细看好了！"

余忠臣小心翼翼地接过来，说道："大人您请放心，小的就是丢了性命，也断不会丢了它！"

陆改樵嗯了一声，转过头来对着林孤桐说道："二师弟，怎么你打扮成这副模样来消遣我，是怪我这么多年来都不肯见你么？"

林孤桐哈哈一笑，伸手在脸上、头上，抓了几抓，将用作伪装的面粉、泥巴尽数抹去，露出自己的本来面目，但那头黑白参差的头发却是如假包换的真货。

　　叶枫虽早知道他是师叔，但待看到他的真面目时仍是吃了一惊，暗道："许多天不见，师叔怎么老了这么多？分手之时，他还只是鬓边有些斑白，现在居然满头都是白发了。"

　　林孤桐抹去伪装，说道："大师哥别来无恙，你说得不错，我是故意打扮成这副模样的，如果不这样做，我怎么会探听到你当上了什么御前都指挥使，如果不这样，我又怎么会知道你早已练成了柴刀刀法？只是我不明白，怎么你的徒弟个个都脓包得很，好像从来都没有听说过柴刀刀法似的？"

第四十一章　走火入魔

陆改樵说道:"这有什么奇怪的? 我从来都没打算将柴刀刀法教给他们。"

林孤桐奇道:"这是为何?"

陆改樵阴恻恻地说道:"师弟,你是个闲人,无拘无束,所以不知道当掌门的不易。我虽是师父,但心里面,对他们其实也有三分畏惧。如果我将所有绝技都倾囊相授,那么今日,你道他们还会这般束手待毙吗?"

林孤桐点头道:"原来如此。师兄,你精于算计,我不如你,只是你算来算去,怎么就没有算到,今天我会来坏你的好事?"

陆改樵叹道:"我棋错一着,没料到你会在这当口赶来。也罢,我们师兄弟二十年的恩怨,今番就在这里做个了断,倒也干脆! 你看,天快要亮了,天亮以后,不管是谁从这里离开,师妹她,就托付给谁了!"

林孤桐听陆改樵话中的意思,竟有将水清拱手相让之意,心中一喜,转头看了水清一眼。只见师妹虽然年近四十,但仍是艳丽不可方物,生了一个女儿之后,肤色白皙丰润,反而更胜往昔。林孤桐心中一阵狂跳,全身的血液似乎都已涌进大脑,身体轻飘飘的,就好像坠入云里雾里一般。

水清亦是吃了一惊，暗怪丈夫说话太荒唐，自己是师父亲口许婚、丈夫明媒正娶的妻子，就算二师哥武功再强上十倍，自己又怎么会另嫁他人，惹人耻笑？想到这里，正想开口，只见两人又各展刀法，缠斗在了一处，只好把已到嘴边的一句话咽了下去。

二人再度交手，但情形仍是与刚才如出一辙。只见林孤桐一刀在手，纵横挥霍，拼命砍杀，陆改樵左支右绌，时间越久，就越见得形迫势蹙，但他脚下步履凝稳，未见散乱之像，因此才得以苦苦支撑，不至于一败涂地。

两人辗转攻拒，又斗了二十余招，都已将全身的内力发挥到了极致，宽阔的厅堂中到处都是劲风互击，森然逼人。在周围观战的，人人都感觉胸口似乎压上了一块大石头，连吐口气都艰难异常，人圈因此越扩越大，有些人甚至已退到了门外。

这时陆改樵已被林孤桐逼到墙角，避无可避，勉强又使出那招"只砍中间"，但此时劲力绵软，刀法散乱，已到了强弩之末，全无威胁。林孤桐原以为大可速战速决，但没想到转战数十回合，仍是抬夺不下，心中早已是焦急不堪，哪里肯放过这一良机。只见他斜身让过右肋，右手将单刀高举过头，暴喝一声，奋力向下劈去。这一招的厉害之处不在招式的变化繁复，克敌制胜的威力，全在用刀之人的内力，不管敌人是挡也好，是架也好，是让也好，都是一样的当头下劈，看似平平淡淡，却是最难抵挡的一招。

眼看陆改樵决计无法避开，但就在这时，林孤桐的身体内突然发出奇怪的咯咯声，右手举在空中凝住不动，就像是被人在后面死死地拉住了一样。片刻之后，背后的那个"人"更是拉着他噔噔地连退了几步，林孤桐咬紧牙关想再往前走，可是每前进一步似乎都要付出千斤之力，额头上的汗珠不停地滚落下来。

终于，林孤桐再也支持不住，手臂软绵绵地垂落下来，单刀"呛啷"一声丢落在地，脸色忽红忽白地变化了几次之后，整个人突然间发了狂，绕着厅堂疾速地飞奔了起来，一边跑一边把身上的衣服片片撕得粉碎，皮肤也被抓得鲜血淋漓，空中回荡的都是他撕心裂肺的叫喊声："热死了！嗬嗬，怎么这么热！嗬嗬嗬！哈哈哈！"又转了几圈，这才訇然倒地，全无声息了。

众人看着林孤桐狂叫悲嗥的模样，无不触目惊心，一时不知该当如何是好，只有陆改樵一人心中雪亮：林孤桐得到假《木纹经》后，立即抄录练习，只要遇到不通之处，总以为既然是绝世神功，自然都是艰深难练的，因此每次都是强行运气冲关。练功之时，时而感觉似有烈焰焚身，时而又感觉如坠冰窖，不知受了多少煎熬，才将最后一个字练完。

练成之后，虽然内力修为提升了不少，但自身经脉，特别是阳维、阳跷两脉，已然大受损伤，连一头乌发都变成了花白。陆改樵内外功修为远不如师弟，但不如亦有不如的好处，他就是想强行运气冲关，也冲不来，因此虽然始终练不成神功，不免终日郁郁，总算还保住了一条性命。

二十年来，陆改樵每日与《木纹经》相伴，脑子中更是无时无刻不在想着诸如"喉息如何才能倒回元海"，"真气怎样自下而上，在阳维和阳跷之间往来升降"之类的问题，对修炼时身体的种种反应和不适早已了若指掌，有几次更是险些走火入魔。因此他在与林孤桐相斗之时，有意将柴刀刀法的其他高明招式摒弃不用，一味地只用"只砍中间"等几招，就是想将林孤桐的真气引上他当年走过的岔路。

林孤桐不知是计，再加上想到有可能与师妹再续情缘，一时间心绪如潮，难以自已，两下里夹攻，终于在最后关头走火入魔，性命或许可以保全，但武功全失，已然成了一个全无用处的废人。

这个缘故除了陆改樵之外，当时并无第二人知晓，正当大家惶惑不解之际，忽听卫心如惊呼道："不好！他们要关门！"

众人一惊，这个大厅全是用大石头砌成，石缝间用石灰、黏土和糯米汁等混合后浇铸而成，坚固异常，四周密不透风，连扇窗户都没有，如果再将大门关闭，那里面的人闷也活活地闷死了。卫心如这一叫，大家这才急向门口望去。果然见厚重的大门正被人从外面关上，只是石门沉重异常，又像是许久不曾关闭的样子，只听得扎扎连声，一时间还不能完全关闭。

陆改樵往身周看了看，原来站在他身后的余忠臣、秦寿生等人不知道什么时候都已经消失得无影无踪，陆改樵懵然不知，呆立在当地，茫然不知所措。

眼见大门即将闭紧，离得最近的诸英豪和叶枫迅捷无伦地扑上前去，一人顶住一扇大门，用尽全身力气想把它重新推开，可两个人毕竟力弱，不但没能推开，大门反而更向内移了数寸。

卫心如也急急忙忙地跑上来，顺手把林孤桐丢在地上的短刀抄起，往叶枫手里一塞，说道："你出去！"

叶枫不解道："你说什么？"

卫心如不耐地道："哎呀！我武功不如你，只有你出去，才能救我们！"

诸英豪正在咬牙和门外的那些人角力，一听这话，恍然大悟道："小姑娘说得对！"说着，侧过身来，一只手按住一扇门，大喝一声，额筋尽露，两只巨灵般的大掌同时用力，再加上卫心如和刚赶上来的时秦中、陆青锋等人一起使劲，大门居然硬生生地被推开了一条缝，正好勉强可以通过一个人。

叶枫深吸了一口气，瞅准空当，嗖的一声从门缝间滚了出去。一到外面，叶枫就觉得阳光耀眼生缬，原来天已大亮，还没起身，耳边嗖嗖声响，一刀一枪已向他身上落了下来。

第四十二章　烈焰焚屋

叶枫随手一撩，将那支枪挡在外围，回过来又与使刀的对了一招。百忙之中回头一瞥，就只看见诸英豪黑铁塔一样的身躯挡在他刚才出来的地方，环眼圆睁，胸口和肚腹各中了一叉一剑，鲜血狂涌，怒吼一声就向后倒去。

诸英豪倒下之后，大石门"砰"的一声被几人合力紧紧关上，又上了大木栓封死，石厅周围早已被人堆上了一人多高的稻草、硫磺等引火之物，正准备放火烧屋。

叶枫心急如焚，举着刀尽往人多的地方砍去，什么"避虚就实"，什么"蓄势后发"，全然顾不得了，偏偏敌人越来越多，去了一拨又来一拨，急切之间打发不来。好在他曾得卫比伯指点，已不是初学柴刀刀法时懵懂无知的模样，因此才尽可挡得住如潮水般拥上来的敌人。但此刻只能勉强自保，若是想要腾出手来救人，却也是万万不能。

很快的，有人点燃了石厅四周的柴草堆，火焰腾空而起，灿然四照，到处都是热气蒸腾，隔了老远都能感觉身上灼热难受，内里的人之苦楚就更加可想而知了。叶枫想到这些，心中更加慌忙。

这时，一把单刀从下往上撩削上来，依稀便是柴刀刀法的路数。叶枫吃了一惊，闪身避开，举目往人群中找去，果然看到唐铁泉混迹其中。

叶枫心中恨极了这个大师兄，用单刀在身周滚了一圈，把众人逼退半步，看准唐铁泉的位置，正想上前结果他的性命，突然一把宝剑斜斜刺来，剑尖微颤，直指叶枫眉上的"阳白"穴，法度之谨严，认穴之精准，显然是出自名家之手。叶枫曾与他交过手，是以看都不看，就知道用剑之人必是双绝门掌门师兄花赛李无疑。叶枫亦不闪不避，用单刀顺着剑锋直批上去，这本来是柴刀刀法中极巧妙的一招"跟住不放"，只是刚用了一半，就听背后风声飒然，一条软鞭破空袭来。叶枫腹背受敌，单刀被花赛李死死缠住，腾不出手来回救，只好将背一挺，咬牙硬接了马青龙的一鞭。"啪"的一声，叶枫后背的衣衫片片碎裂，顿时疼痛难忍，脊背的肌肉一阵抽搐。那痛一开始只在肌肤上，火辣辣的，随后竟像一条小蛇似的拼命往里钻，一直痛到了骨髓里。叶枫浑身颤抖不已，倒吸了一口凉气，但这突如其来的剧痛倒让他的脑子一激灵，一下子清醒了许多。在一刹那间，《木纹经》的经文在脑海中汩汩流过，渐渐地意与心通，体内的真气不断地盘旋往复，顺着阳维和阳跷两脉运转不止，手上那把刀劈开空气时也开始有了嗞嗞的声响，一招既出，后招源源而至，上崩下砸，里撩外滑，无不转折如意，得心应手。

　　直到这一刻，《木纹经》的威力方才显露出来。只见叶枫一刀挥出，刀锋上自然挟裹着浑厚的内力，在他身前身后交织成一张密不透风的网，逼得众人不断地向后撤步，不敢与他的兵刃相触。

　　唐铁泉原本打算在人群中浑水摸鱼，出其不意地使出师父暗中传授给自己的柴刀刀法，再立一功，但不曾想到叶枫的柴刀刀法威势竟是这般惊人，心中一慌，早将建功立业的心思抛到了九霄云外，拔腿就跑。

　　但他此时再想跑已然是来不及了，只见叶枫身周那道气网不知怎的竟生出一股强大的引力，先是唐铁泉的刀，随后是他的手，最后连整个人都被引了进去，再出来时，已是身首异处，倒在地上，再也不能动弹了。

　　像林孤桐、陆改樵等，无不以为高深的武功定然是渊深难测，因此只要得到武功秘籍，便立时心无旁骛，专心修习，不敢有丝毫怠忽。就算遇到了难以逾越的关卡，也总以为是修炼神功应有之义。殊不知那运气循环，自有个消长盈虚的定数，与是繁是简实则并不相干。反倒是越高深的内功，越是清通简要，能否练成，大抵与修炼者的机缘、心境有极大的干系。譬如叶枫，既有柴刀刀法做底子，在学习《木纹经》时，明知此经自己万难练成，本就抱了个"胜固欣然败亦喜"的念头，心地一片空明，无欲无求，任其自然，进境反比别人快了十倍不止。此时与花赛李、马青龙等一众成名高手过招，至今屹立不倒，七分守势中有时抢攻几招，还能让敌人手足无措一番，这固然是因为柴刀刀法精妙无伦，也是因为《木纹经》本就是"遇强则强"的，敌人愈强，它的力量就愈能发挥得淋漓尽致。

　　余忠臣在一旁看着，想起自己在愚公谷也曾吃过这小子的苦头，右手臂又隐隐作痛起来，转头对着身边的秦寿生抱怨道："陆改樵不是说他手下弟子中，除了一个姓时的，其他的都是饭桶吗？那这小子是从哪里冒出来的？怎么这么多人都拾掇不下一个乳臭未干的小子？"

　　秦寿生见余忠臣有责备之意，连忙道："肯定是陆改樵暗中调教的高手，把我们都瞒过了。"

　　余忠臣皱眉道："陆改樵这厮当真是不可救药！"

　　秦寿生立即接话道："谁说不是呢？还好指挥使大人您及时发现了，兄弟们跟着你，也好顺手发点小财，这就叫作——和尚跟着月亮走，也借点光亮儿。"

　　余忠臣笑骂道："混叫什么？这么着，干脆我再送件功劳给你，唐铁泉早就在这石厅的地下，埋了地雷，你再去添把火，倘若能将逆贼陆改樵炸死……"

　　秦寿生喜道："是，是，多谢指挥使大人！"说着，忙去石厅周围添柴加火，不一会儿，就见火光烛天，整个大厅瞬间笼罩在烟火之中。

第四十三章　生死之间

　　眼看地雷马上就要炸开，烟火弥天中，只见有两个人影犹如大鸟一般从天而降，其中一人落在石厅附近，却是明教端木砚。那夜他与卫心如、端木笔受困，一时昏聩，逃下山去，后来神态渐复，想起当时的情形，又羞又愧，寻着端木笔后，便不顾生死跃进门来，将已经着了火的柴草踢得四处纷飞，到处都是。只要有人上前阻拦，就被他揪住一通乱打。

　　秦寿生大急，快步上前，一招虎爪向他面门抓去，端木砚亦出一掌，以抓对抓，与秦寿生对了一掌。只听"啪"的一声，两人同时退了几步，都是一惊，这一招竟然功力相当，没分高下。另一个也不理会众人，径自来到唐宅大门边，托起门闩，打开了大门。

　　大门刚一打开，就有一大帮人哗啦啦如潮水般涌了进来，当先一人躯高身雄，双手托着一把厚背薄刃的大朴刀，凛如天神，正是梅花拳的上官鹏，一进门就大喊道："恩公莫慌，我来救你！"

　　侍卫们有一半都被叶枫缠住了，剩下的几个根本挡不住这群豪健剽悍的汉子，转瞬间就被冲得七零八落。余忠臣、秦寿生眼见这边收拾不下叶枫，那边又打不过这群生龙活虎的生力军，似乎是大势已去，好在卫比伯已死，《木纹经》又已得手，本来就有些无心恋战，一看形势不对，草草招架了几下，就招呼同伴，纷纷撤出了唐家大宅，回京复命去了。沿途不妨招摇过府，滋扰百姓，敲诈官员，自是题中之义，不在话下。

余忠臣低着头，慌不择路地向大门口跑去，一不留神，与刚才打开大门的那人撞了个满怀，那人右臂袖管空荡荡的，自然就是重伤初愈的端木笔，面孔纸一样煞白，但力气着实不小，把余忠臣撞得东倒西歪的。余忠臣一个没留神，眼看快要倒在地上，端木笔伸出左手拉了他一把，顺便小指一勾，轻轻巧巧地就将他怀里的《木纹经》勾了出来，暗藏在衣袖中，笑道："走道的，不长眼睛么？"余忠臣抬头看到他的模样，三分不像人，七分倒像鬼，吓了一跳，不敢多说，匆忙跑了出去。

叶枫见敌人忽地全都散去，正自奇怪，一转头看到那个拿着朴刀的大汉，立时大喜过望，高声叫道："上官掌门！上官掌门！"

上官鹏见是叶枫，也喜道："小兄弟，原来是你！"

叶枫三步两步来到上官鹏身边，感激地道："原来是你救了我。"

上官鹏不好意思地嘿嘿笑道："老夫不中用了，这回多亏了明教的端木兄弟。"

不远处的端木砚虽听到了上官鹏的话，但红着脸不敢过来相见，只是拼命扑打石厅四周的火苗。端木笔跑过来，与叶枫略一点儿头，就匆匆说道："上官掌门，叶枫兄弟，如今当务之急，就是尽快救出石屋中的那些人。"

上官鹏恍然大悟，抬起手来拍了拍大脑袋，说道："正是，正是，你们看我，几乎要误了大事！"用力一挥手，高声喊道："大伙儿并肩子上呀！"

梅花拳众弟子齐发一声喊，个个奋不顾身地冲进火海，用手中的兵刃拼命扑打火焰。但大火烧了许久，柴火上又加入了硫磺、火油等许多引火之物，眼看着火随风卷，野燎烛天，已成势不可挡之势。再过一会儿，埋在地下的地雷一经引燃，势必将厅里一众人等，炸得尸骨无存。

上官鹏虽然年纪已大，但越老性子越是急躁，眼看大火越烧越旺，心中渐渐焦烦起来，忽然间张髯横目，大喝一声，提着朴刀就往火头最旺的屋门冲去，叮叮当当地乱剁起来。

这屋门原本修得极为结实沉重，但上官鹏身大力沉，再加上大火烧了不少时候，剁了几下，居然砍得松动起来，一股浓烟从松开的缝隙处直往外钻。端木兄弟、叶枫、钟屹等人一齐涌上来，合力将滋滋冒着白烟的大门用力推开，有几个梅花拳弟子见上官鹏被烟熏得摇摇晃晃，赶忙将他拉了出来。上官鹏虽然勇猛过人，但这一番用力过巨，也有些支撑不住，颏下的一捋长须更是被烧得精光，眉毛、头发也只剩了一半。

端木兄弟、叶枫等人被浓烟呛得咳嗽连连，眼睛几乎睁不开来，只得冲着里面喊道："快出来！大家快出来！"

不一会儿，卫心如率先从里面跑了出来，背上还负着卫比伯，紧接着，童炎、宋瑛等一干括苍派弟子陆续突烟冒火，也都跑了出来，只不见了陆改樵、水清、陆青锋、时秦中四人。叶枫焦急万状，喊得声音都哑了。

过不多时，就听里面吱吱之声大作，眼看整座大厅就要崩塌下来。就在将塌未塌之际，只见火光中影影绰绰，突现几个模模糊糊的身影，叶枫一颗心早提到了嗓子眼，睁大眼睛拼命向里望去。

不一会儿，果见时秦中拉着陆青锋，没命价地飞奔而出，两人都被烟熏得面孔乌黑，只有两只眼睛仍是黑白分明。时秦中一出来就累得瘫倒在地上，大口地喘着粗气，陆青锋甩开时秦中，就想往回跑，被叶枫眼疾手快一把拉住，陆青锋一边挣扎一边冲着刚才出来的方向，哭喊道："娘！你快出来呀！"

就在这时，只听得天坍地塌一声响亮，埋在地下的地雷恰在此时轰然炸开，坚固的石厅刹那间廊檐崩折，屋瓦纷飞，烟尘一股股迅速弥漫开来。刚停的雨顷刻间又下了起来，细雨如幕，和着浓重的烟尘，把周遭的一切都笼罩在一片浓雾阴霾之中……

......

马家集上唯一的一家小客栈，为数不多的几间客房，连柴房、马厩一并算上，都住不下括苍派和梅花拳的许多人，因此天刚放亮，上官鹏和其他弟子就要回转明州。时秦中和叶枫将他们送到路口，时秦中对上官鹏说道："上官掌门，大恩不言谢，只有一样：你已露了行迹，难保那些人不会去找你的麻烦。如今之计，只好远远地躲开，方能保得无虞，这都是我们连累了你。"

上官鹏眼圈通红，连连摆手道："老弟切不可如此说，我和我全家的性命，都是卫教主和这位叶枫兄弟所救，如今能多活一日，都是捡来的。你说的对，经过上次那件事，我也已经想明白了，我年岁已高，稚子又太年幼，如今的世道，这整日提心吊胆的勾当，不做也罢。拙荆老家远在桂州，岳父母大人早已老迈，近年来更加思念女儿。我已打算散了镖局，全家搬到桂州去，一是为了避祸，二来也想承奉膝下让两位老人家好好地颐养天年，这几日就要动身。只是老夫迟了一步，未能救得恩公性命，这心中，实在是惭愧无地呀！"

叶枫和时秦中想到卫比伯是自己师父亲手杀害，脸上一红，不敢再与上官鹏深谈，匆匆与他们拱手道别而去。

此时正是晨光熹微、天将黎明之时，叶枫看着他们一行人车马杂沓，慢慢地消失在漠漠旷野之中，心中想道："二师哥总能想到别人，我想不到的，他都能想得到，对上官掌门如此，对小师妹也是如此……"一时间恍恍惚惚，似乎又回到了昨天晚上的那个时刻……

是夜月明如画，叶枫与梅花拳几个弟子挤在柴房简易的床铺上，想着这几天自己的遭际。短短几天时间，师父、师娘、大师哥、三师哥、四师哥相继离自己而去，好好的一个括苍派，如今已是七零八落，再难复当年的盛况。

叶枫想到这里，不觉心下凄凉，左右睡不着觉，干脆披衣而起，悄悄地走出客栈，望着头上冷月斜悬，脚下满地树影，信步走来，不知不觉就走到了客栈东侧的一棵大香樟树旁。

夜已深沉，但大树底下人影依依，好像坐着一个人。叶枫定睛一看，奇道："师妹，你怎么坐在这里？"

第四十四章　余音袅袅

　　陆青锋回过头来，见是叶枫，说道："五哥，原来是你，你过来，我正好有话想对你说。"

　　叶枫走过去，在陆青锋身边坐下，月光下只见她的粉颊上兀自带着几滴泪痕，叶枫知道她此时心中难过，一时间却也找不出什么话来安慰她。

　　两人默默地坐了好长时间，夜凉如水，一阵冷风吹来，陆青锋不禁打了个寒战。叶枫解下外衣，披在她身上，陆青锋拢了拢衣裳，说道："爹爹……他是自杀的。"

　　叶枫一惊，奇道："怎么，师父他为什么……"

　　陆青锋道："爹爹抛弃了我们，但他自己也被人抛弃，一时想不开，就拿起短剑自尽了。爹爹他，他这样做，也是不得已的，五哥，你怪我爹爹不怪？"

　　叶枫摇了摇头，说道："不，我不怪他，那师娘呢？"

　　陆青锋道："娘不肯跟我们出来，宁肯死在里面，她说爹爹做了那么多错事，害死了许多人，她也不想活了，她还说以后要你……要你来照顾我。"

　　说这话时，陆青锋的脸上微微泛起些红潮，还带着新鲜的泪珠，犹如明珠生晕、晓露芙蓉，越发显得娇柔欲滴。叶枫看得呆了，心情激荡之下，不知不觉伸出手去，握住了陆青锋的小手。

这时，香樟树后忽然传来一个女子"哼"的一声，仿佛便是卫心如的声音。

叶枫吓了一跳，急忙放开陆青锋的手，转到树后，只见一个娇小的身影正向别处奔去，叶枫犹豫了一下，随即发足追去。轻功高低，全在内力，此时叶枫身上的内力已远胜往昔，每跨一步都比前面那人多出三五尺，只几步就追到了那个人身前，在月光下一看，果然便是卫心如。

叶枫拦住她，问道："心如，你怎么也在这里？"

卫心如眼睛转向别处，冷冷地道："许你们在这里，难道就不许我在？我自走我的，你又何苦追来！"说着，不容叶枫再说什么，用力推开他，往远处跑去。

叶枫正想再追，从黑暗中转出端木笔、端木砚两兄弟，三只手一伸，将叶枫拦在当地。端木笔说道："公子请留步，小姐要带着教主的遗体一同回福建，我已通知了附近的分舵前来接应，想来也不会有什么大事。今夜特来向公子辞行，望公子今后多多保重，咱们这就山高水远，后会有期吧！"说罢，和端木砚慢慢地向后退去，退开几步后，见叶枫没有举步的意思，这才转身大踏步走远。

叶枫不敢再追，望着他们远去的方向，心中不知是什么滋味。陆青锋从后面赶上来，问道："你为什么不追上去？"叶枫摇了摇头，不知该说些什么。

陆青锋跺脚道："唉，都是我不好。"咬了咬嘴唇，望着叶枫，问道："你还记得我们从临海县带回来的那只小猴子吗？"

叶枫茫然道："什么？噢，记得，我上括苍山后不久，它就不知道跑到哪里去了，那几天你哭得好伤心，连饭都吃不下，二师哥看不过，偷偷跑出去找了三天三夜也没找着，回来后还被师父狠狠地责罚了一顿。"

陆青锋点了点头，说道："二师哥回来的时候，我去找过他，想问问他找着小猴儿了没有。那天晚上，我躲在檐廊上，看见他跪在'沐泽承霖'那块匾额下面，一边背着帮规一边不停地打着盹，膝盖和手臂上的衣服全都磨破了，还流着血。那时我还小，心里面一直在想，他为什么要偷偷跑出去，难道不怕爹爹责罚吗？后来我长大了，慢慢地也就想明白了。五师哥，你也想明白了吗？"

叶枫点点头，不敢再看陆青锋，只好一直低着头，看着脚边上一片枯叶，在风中不停地打着旋儿。

陆青锋继续说道："我生来就有个怪脾气，妈妈以前也常说我，只要是我想要的东西，九头牛都拽不回来。那只小猴儿，又瘦又小，可是我喜欢它，就只喜欢它了，虽然你以后又给我抓了只更漂亮、更机灵的，但我一眼都没瞅过它。五师哥，我心里明白，现在你武功好了，妈妈又是那样说，我应该和你在一起才对，可是我、我……"

陆青锋连说了两个"我"，忽然有些不好意思起来，站起来一转身，轻快地跑回客栈去了，跑得那样快，连叶枫披在她肩上的外衣掉落在地上都没发觉。

叶枫呆立在当地，看看这边，又看看那边，不知过了多久，这才俯身拾起外衣，心中想道："师妹和二师哥彼此有意，师娘不会看不出来，她之所以要我和师妹在一起，只怕多半还是为了要我将柴刀刀法和《木纹经》传给括苍派门人的缘故。唉，从今往后，会有另外一个人为她披上外衣，对她嘘寒问暖，可那个人，不再是我了。"

……

叶枫从沉思中回过神来的时候，天色早已大亮，马家集上的人们已经开始忙碌起来，到处都是三三两两的煎油豆腐的、卖卤肉的、炸丸子的大摊子小挑子，攒三聚五的，各人都在忙着自己的活计，好像谁都没有注意到这个神情有些呆滞的年轻人。

过不多时，括苍派众弟子也陆陆续续地从客栈中走出来，开始准备起上路的行装。叶枫远远地望着，看着他们洗脸、吃早点、买马，看着他们嘴巴一张一合的，似乎在交谈着什么。他也看见了时秦中和陆青锋，他们脸上带着戚容，但偶尔目光相接时，仍在眼角眉梢间流露出一丝两情相悦时才有的欢娱之情。

"他们都在忙着自己的事情，"叶枫在心中告诉自己，"师父师娘不在了，可他们还是有地方可以去，还有事可以做。他们可以练成一身的武艺，闯荡江湖，他们可以爱上一个女孩，也可以被一个女孩爱着。可是我呢？我还能做什么？还有什么地方可以去？"

不知不觉中，叶枫又走到昨晚的那棵香樟树下，又坐在昨晚曾经坐过的地方。现在，天地间仿佛只剩下他一个人，就连眼中望去的所有人和事，都变得模糊起来，好像那里是另一个世界，一个除了自己以外的另一个世界，他们是谁，他们在说什么，他们在做什么，全与自己毫不相干。

就这样，叶枫不知坐了多久，直到听见有人在喊他的名字："枫儿，枫儿！"

叶枫茫然抬起头来，就看见眼前似乎站着一个人，他使劲地看，使劲地看，却怎么也看不清他的样子。

那人拄着一根木杖，慢慢地踱近两步，在叶枫身边坐下，问道："你这是怎么了？"

叶枫侧着头看了一会儿，那人的模样才渐渐地清晰起来，他叹了口气，说道："师叔，原来是你，我没事，只是有一件事，我怎么也想不明白。"

林孤桐道："左右也是无事，你不妨说来听听。"

叶枫说道："师叔，你教了我柴刀刀法，后来我又学了《木纹经》，但为什么现在我一点儿都不开心？反倒不如从前，那时候我什么都不是，但大家都在一起，高高兴兴的，总胜过如今只剩下我一个人……"

林孤桐点点头，想了想，说道："从前我有一身的武功，足以睥睨天下，群豪莫能与抗。但那个时候的我，每天想的，不是怎样杀人，就是怎样不被人杀，实在是没有几天真正自在的日子。昨天，就在走火入魔的那一刻，我确是万念俱灰，也曾想到过死。但是到了晚上，二十年来我头一次没有把刀放在枕头底下入睡，反而睡得又安稳又踏实，心中平安喜乐，难以言说，这是我这么多年来从未有过的。其实像你师父那样，整日处心积虑，做梦都想往上爬，这不是真正的快活。至于你师娘，我总是感觉她心事重重，也没有从前那样爱说爱笑了。我呢，就更不必说了。现在我没了武功，反倒是明白过来，真正的快活，不是得到了什么武功秘籍，也不是练成了天下第一的武功，真正的快活，其实一直都在你的心里。"

叶枫奇道："我心里？"

林孤桐道："正是，这个江湖，烟雨冷雾，有时候你明明看到了，它也未必就是真的。世界虽大，除了这寸许的心地是块平稳路，此外再没有一步是平稳的。你若不信，不妨问一问自己，你这一生中，最快活的时光，是在哪里？"

叶枫闭上眼睛，细细地回想，喃喃自语道："最快活的时光……最快活的时光……那是一个密不透风的山洞，既阴暗，又寒冷，周围还有二十几具死人，我们生死未卜，没有吃的，也没有喝的，不知道还能够活多久。可是就是在那里，是我一生中最快活的时光，那是因为……因为……"

他忽然睁开眼睛，喜道："师叔，我明白了，明白了！"

林孤桐微笑道："现下你知道自己要做什么了吧！"

叶枫道："是，我明白了，师叔，多谢你啦！"

林孤桐点了点头，站起身来慢慢走开，手中的木杖敲击在地面上，发出笃笃笃的声音，越行越远，终于杳不可闻。

叶枫轻舒了一口气，好像将胸中所有的郁闷和不快都吐了出来，他仰起头，让阳光透过香樟树的那些萧疏的叶影儿，洒遍他的全身，直到身上被晒得暖洋洋的，这才睁开眼睛，望向南方广袤的土地。这时清晨的薄雾悄然散去，通往福建的道路渐次在他眼前展开，显得异常清晰。

"就在那里，"叶枫心想，"就在那个方向，只要一路向南，一直到海边，她就在那里。等到明天，我就可以去见她了。不，明天太迟，现在！现在就出发！"

（全书完）